16 MOIS | DE SEPTEMBRE 2023 À DÉCEMBRE 2024

2024

W0406437

BUDGET FAMILIAL

mémoniak

Bienvenue dans notre famille !

Conception et rédaction originales : Bertrand Lobry

ISBN 978-2-38382-205-9
Dépôt légal : mai 2023.

éditions 365

www.editions365.eu
Média Diffusion. Distribution MDS.

FSC
www.fsc.org
MIXTE
Papier | Pour une gestion forestière responsable
FSC™ C005748

L'imprimeur utilise du papier certifié FSC™ issu de forêts gérées durablement et d'autres sources contrôlées.

Imprimé en RPC en décembre 2022.

Sommaire

Pourquoi tenir un budget familial ?

Quels que soient les outils ou les documents utilisés, toutes les familles tiennent (plus ou moins rigoureusement) un budget. D'abord et avant tout pour éviter de dépenser plus qu'elles ne gagnent.

Mais, pour cela, il faut bien sûr savoir précisément ce que l'on dépense, mois après mois, et mettre en face les différents types de revenus que l'on perçoit (salaires, aides, allocations, pensions...).

Pour ceux qui en douteraient, sachez que personne ne peut durablement dépenser plus qu'il ne gagne. Même si certains sont contraints de l'accepter passagèrement (le temps d'adapter leurs dépenses à leurs revenus), la différence devra forcément être remboursée, et avec intérêts.

Il s'agit donc, essentiellement, de s'assurer à tout moment que dépenses et revenus sont équilibrés, et que, lorsqu'un dérapage survient (une dépense imprévue, une diminution des revenus au moment d'une perte d'emploi, par exemple), vous disposerez des informations nécessaires pour comprendre ce qui se passe, comment se décomposent vos dépenses du mois, et comment les réduire sans trop d'efforts.

Tenir un budget familial permet aussi d'anticiper, de prévoir vos revenus et vos dépenses, donc ce qui vous restera à la fin du mois, pour vous payer un extra, prévoir des vacances, offrir un joli cadeau à votre chéri(e), préparer les dépenses liées à l'inscription de votre aîné(e) dans une école spécialisée à la rentrée, ou encore pour déterminer ce que vous pourrez épargner chaque mois, pour vous constituer un capital.

Enfin, le suivi d'un budget familial vous permettra de réaliser que certaines de vos dépenses sont prélevées par erreur par tel ou tel organisme (la facture d'électricité qui a augmenté de 43 % cette année...), ou injustifiées (donc faciles à supprimer). En somme, vous pourrez aisément identifier ce que vous pouvez économiser afin de vous offrir en échange quelque chose dont vous avez vraiment envie.

À quel rythme faut-il suivre son budget familial ?

Peu importe le rythme, qui dépend de votre organisation personnelle (cinq minutes tous les jours, trente minutes par semaine, ou deux heures en fin de mois), l'important est la régularité.

Si vous tenez votre budget régulièrement, vous le ferez sans effort. Si, au contraire, vous attendez trois mois avant de vous y replonger, vous serez tellement submergé que vous laisserez tomber.

Et, pour vous faciliter la tâche le moment venu, prenez l habitude de conserver dans une enveloppe unique (ou dans la pochette au début de cet ouvrage) tous les reçus ou justificatifs des dépenses effectuées dans le mois (tickets de caisse, facturettes de cartes bancaires, etc.) : vous irez beaucoup plus rapidement au moment de reporter les montants dépensés.

Comment compléter les tableaux de votre budget familial

Votre budget annuel 2024

Traditionnellement, les familles tiennent leur budget en année civile (de janvier à décembre).

Mais d'autres préfèrent commencer à le faire dès le mois de septembre. C'est pourquoi les tableaux de suivi s'étalent sur 16 mois, de septembre 2023 à décembre 2024. Les quatre derniers mois de 2023, vous vous contenterez de suivre et d'analyser vos recettes et vos dépenses afin de préparer votre budget pour 2024. Vous devrez, en effet, commencer par compléter votre budget pour l'année 2024 (pages 14 et 15). Vous devrez le faire, bien sûr, avant la fin de l'année 2023. Si vous aviez déjà utilisé le *Budget familial Mémoniak* en 2023, il suffit de reporter ici les chiffres que vous aviez notés dans ce tableau en pages 192 et 193.

Si vous établissez ce budget pour la première fois, vous devez retrouver, pour chaque type de revenus ou de dépenses, ce que vous avez gagné et dépensé au cours de l'année 2023, et vous demander si cela risque de diminuer ou d'augmenter en 2024. Vous disposerez ainsi d'un tableau complet de prévisions pour l'année. Il vous permettra notamment de vérifier que vos revenus et vos dépenses ne vont pas être déséquilibrés.

Il vous permettra ensuite, tout au long de l'année, de comparer la réalité à ce que vous aviez prévu, donc de vérifier que certaines dépenses ne « dérapent pas » par rapport à vos prévisions.

Mon budget pour l'année 2024*

RECETTES	JANVIER	FÉVRIER	MARS	AVRIL	MAI	JUIN
Salaires et honoraires	3 700	3 600	3 600	3 800	3 800	3 800
Pensions			250			250
Allocations	220	220	220	220	220	220
Loyers perçus	460	460	460	460	460	460
Autres gains		1 200				
TOTAL REVENUS	4 380	5 480	4 530	4 480	4 480	4 730
DÉPENSES						
OBLIGATOIRES						
Logement	910	910	950	950	950	950
Emprunts	525	525	525	525	525	525
Assurance et mutuelle	45	0	0	118	0	0
Eau/électricité/gaz	210	160	180	220	160	160
Impôts	953	953	953	953	953	953
Pensions	0	0	0	0	0	0
TOTAL OBLIGATOIRES	2 643	2 548	2 608	2 766	2 588	2 588
COURANTES						
Alimentation	400	400	400	400	400	400
Alimentation (suite)						
Vêtements, linge	50	50	50	50	50	150
Santé	120	120	120	120	120	120
Téléphone et Internet	70	70	70	70	70	70
Entretien & CESU	120	120	120	120	120	120
Voiture	150	150	150	150	150	150

Votre suivi mensuel de septembre 2023 à décembre 2024

Votre *Budget familial Mémoniak* comprend plusieurs tableaux à compléter chaque mois, pour vous permettre de suivre vos comptes et votre budget.

1) Votre calendrier du mois en cours *(pour le mois de janvier 2024, pages 58 et 59)*
Ce tableau constitue un calendrier du mois où vous indiquerez tous les éléments importants de votre vie familiale ; ceux, du moins, qui risquent de se traduire par des dépenses particulières (l'anniversaire de Thomas, un week-end en Normandie avec les enfants…) ou des rentrées d'argent inhabituelles (vente de la voiture). La colonne complètement à droite de ce calendrier vous rappelle le budget de dépenses du mois. Il suffit, pour la compléter, d'y reporter les chiffres du budget annuel, pour le mois en cours.

2) Le suivi mensuel des dépenses effectuées avec vos comptes bancaires *(pour le mois de janvier 2024, pages 60 et 61)*
En pratique, vous inscrirez pour chaque compte bancaire de la famille, dans l'ordre chronologique, les différentes dépenses effectuées (chèques, prélèvements, débits de frais bancaires, retraits d'espèces au guichet…). La plupart des gens tiennent ce tableau à jour une fois par semaine, mais il est important de bien garder la trace de toutes les dépenses effectuées, petites ou grandes.

Suivi des dépenses comptes bancaires

DATE	LIBELLÉ DÉPENSE	MOYEN PAIEMENT	COMPTE	COMPTE	COMPTE	AUTRE	REPORT P. 65
			Laurent	Valérie	commun		
02-janv	Loyer janvier	Prélvt	280				x
05-janv	Charges 1er trimestre	Virement	35				x
06-janv	Électricité janvier	Chèque N°		25			x
06-janv	Emprunt	Prélvt			510		x
17-janv	Assurance	TIP		53			x
18-janv	Retrait espèces	Retrait	200				x

Les dépenses en espèces doivent être inscrites d'une façon spécifique. Lorsque vous retirez de l'argent liquide à la banque, ce n'est pas, à proprement parler, une dépense (mais vous devez néanmoins l'enregistrer pour vérifier le solde de votre compte bancaire). En pratique, inscrivez le montant retiré du compte bancaire et indiquez seulement « Retrait d'espèces » dans la colonne « Libellé dépense ». C'est seulement lorsque vous dépenserez l'argent liquide qu'il faudra enregistrer la dépense (voir tableau suivant).
Vous cocherez la case « Report » dans la dernière colonne au moment de reporter les dépenses de ce tableau dans le tableau « Récapitulatif des dépenses du mois ».

3) Le suivi mensuel de vos dépenses par carte bancaire ou en espèces *(pour le mois de janvier 2024, pages 62 et 63)*

Cela vous permettra de savoir à tout moment combien vous avez dépensé, même si la dépense n'est débitée par la banque qu'en fin de mois (parfois même, au début du mois suivant). Pensez à conserver toutes les facturettes de carte bancaire, qui vous permettront de ne rien oublier.

Et, pour les dépenses payées en espèces, c'est lorsque vous réglez un achat avec l'argent liquide que vous devez enregistrer la dépense (alimentation, cinéma, etc.). Un conseil : lorsque vous faites un achat sur Internet par carte bancaire, vous ne disposez pas de facturette. Vous pouvez alors soit imprimer la confirmation de commande (pour ne pas l'oublier au moment d'enregistrer la dépense), soit reporter immédiatement la dépense dans votre *Budget familial*.

4) Le récapitulatif des dépenses du mois *(pour le mois de janvier 2024, pages 64 et 65)*

Ce tableau ne peut être complété qu'en fin de mois, lorsque toutes les dépenses (sur les comptes bancaires, par carte bancaire ou en espèces) ont été comptabilisées dans les tableaux précédents.

Nous avons classé les dépenses familiales en trois catégories :

a) Les dépenses obligatoires. Il s'agit des dépenses qui sont engagées pour une certaine durée et qu'on ne peut pas modifier facilement (remboursement d'emprunt, loyer, impôts, etc.). Ce sont souvent des dépenses fixes, même si on peut parfois les diminuer un peu.

b) Les dépenses courantes. Ce sont celles de la vie de tous les jours, qui correspondent à la vie d'une famille (alimentation, vêtements, santé, etc.). On ne peut jamais les supprimer totalement, mais il est généralement plus facile d'agir pour les diminuer, lorsque c'est nécessaire.

c) Les dépenses spéciales. Ce sont des dépenses plus occasionnelles, voire exceptionnelles (achat d'équipements, vacances, cadeaux, etc.). Toutes les dépenses de la famille doivent être rangées dans l'une de ces trois catégories.

Pour chaque type de dépenses répertoriées aux pages 60 à 63 (pour le mois de janvier 2024), commencez par reporter sur la ligne correspondante à la page 65 (pour le mois de janvier 2024) les différents montants payés. Lorsqu'une ligne de dépenses (dans le tableau « Suivi des dépenses comptes bancaires » ou dans le tableau « Suivi des dépenses cartes bancaires et espèces ») a été reportée dans le tableau récapitulatif des dépenses du mois, cochez la case « Report » (dernière colonne).

Récapitulatif des dépenses

CATÉGORIE	TOTAL DÉPENSES PAGE DE DROITE	BUDGET	ÉCART	NOTES
OBLIGATOIRES				
Logement	*1050*	*1050*	–	
Emprunts	*416*	*416*	–	
Assurance et mutuelle	*47*	*47*	–	

En fin de mois, calculez le total de chaque ligne (donc de chaque type de dépenses) et reportez-le sur la page de gauche dans la colonne « Total dépenses ». Si vous inscrivez également en page de gauche le budget du mois pour chaque type de dépenses, cela vous permettra de comparer le budget… et la réalité. Si nécessaire, vous indiquerez dans la colonne « Notes » l'explication de la différence que vous avez constatée.

5) Le récapitulatif du mois *(pour le mois de janvier 2024, page 66)*

Vous y indiquerez toutes les recettes encaissées et le récapitulatif des dépenses effectuées. La plupart des familles perçoivent plusieurs types de revenus, et c'est bien le total de ces revenus qui, pour chaque mois, devra s'équilibrer avec les dépenses du mois. Vous y noterez :

- les salaires, bien sûr, de chacun des membres du foyer qui travaillent ;
- les honoraires, si l'un d'entre eux exerce une profession libérale ;
- les allocations chômage ;
- les pensions de retraite, le cas échéant.

Récapitulatif des revenus et dépenses

DATE	LIBELLÉ RECETTES	COMPTE	COMPTE	COMPTE
		SG commun	SG2	
2-janv	Rembt Sécu	26		
05-janv	Allocations familiales	220		
06-janv	Loyer Rennes	460		
17-janv	Salaire Valérie		1 615	
18-janv	Honoraires Laurent	2 100		
31-janv	Rembt mutuelle	53		
	TOTAL	2 859	1 615	
		RÉEL	BUDGET	ÉCART
	RECETTES DU MOIS (TOUS CPTES)	4 474		
	dont remboursements Sécu & mutuelle	79		

Mais aussi :

- les pensions alimentaires reçues : c'est souvent le cas dans les familles recomposées ;
- les allocations familiales ;
- les allocations logement ;
- les remboursements de Sécurité sociale ou de mutuelle ;
- et, d'une manière générale, les aides diverses pour ceux qui en bénéficient.

Enfin, d'autres types de revenus sont parfois à prendre en compte :

- des revenus locatifs si vous êtes propriétaire d'un bien immobilier mis en location ;
- des revenus financiers (intérêts des comptes d'épargne, dividendes d'actions, plus-values de cessions réalisées, etc.).

Au-dessous des revenus que vous totaliserez, reportez le total des dépenses du mois que vous aurez calculé aux pages précédentes (total des dépenses fixes, courantes et spéciales). Ainsi, vous pourrez déterminer, pour chaque mois, le bilan du mois. Êtes-vous parvenu à épargner un peu ? Ou avez-vous, au contraire, dépensé plus que la limite autorisée ? Selon la réponse à cette question et l'explication que vous pourrez donner à la situation du mois, prenez le temps d'en tirer des leçons pour les mois suivants et, surtout, de prendre les décisions qui conviennent pour rectifier, s'il y a lieu, votre situation.

En pratique, dépenser au mois de janvier plus que ce que l'on a perçu n'est pas nécessairement un inconvénient si la situation s'inverse le ou les mois suivants. C'est pour cette raison qu'il faut aussi situer le bilan du mois dans l'ensemble de l'année. C'est l'objet de la deuxième partie de votre *Budget familial*, qui débute à la page 177.

Les suivis annuels de votre budget 2024

Certaines dépenses nécessitent un suivi annuel afin d'évaluer si le dérapage d'un mois est compensé par un bon résultat lors d'un mois suivant. Évidemment, si vous dépensez chaque mois plus que vous ne percevez, sans jamais être capable d'équilibrer vos comptes, vous courez à la catastrophe. Une fois encore, il n'y a pas d'autre solution, pour éviter ou corriger ce problème, que de dépenser moins que ce que vous percevez : n'oubliez jamais ce principe intangible.

Pour réaliser ce suivi, c'est très simple, il suffit de reporter dans les tableaux « Récapitulatif des recettes annuelles » (pages 178 et 179) et « Récapitulatif des dépenses annuelles » (pages 180 et 181) les chiffres que vous aurez inscrits dans le suivi de chacun des mois. Vous ferez ensuite la synthèse des recettes et des dépenses au tableau de la page 182. Il vous permettra de suivre l'évolution de votre situation financière au cours de l'année et de définir les sommes que vous pouvez épargner. N'attendez pas pour reporter les chiffres et calculer la synthèse, car une situation détériorée exige de réagir rapidement. À l'inverse, apprendre que l'on a pu économiser ou épargner le mois passé est une nouvelle agréable dont il serait dommage de se priver...

Votre épargne

Épargner, c'est mettre des sommes de côté pour plus tard : pour investir, prévoir un projet d'acquisition immobilière (votre résidence principale ou une résidence secondaire) ou de création d'entreprise, faire face à des dépenses futures, mais quasiment certaines (les études des enfants, le complément de revenus dont vous aurez besoin à la retraite...). Autant dire que l'épargne est une démarche nécessaire, même si elle impose quelques efforts. Tout budget familial devrait donc inclure une épargne régulière. Bien sûr, il arrive que les circonstances ne vous le permettent pas pendant une certaine période (la perte d'un emploi par exemple), mais pensez, dès que les choses reprennent leur cours normal, à mettre de côté régulièrement. Visez une épargne représentant une fourchette de 5 à 10 % de vos revenus totaux sur l'année. Reportez dans le tableau de la page 183 les montants que vous parviendrez à épargner chaque mois, à partir de votre solde disponible, c'est-à-dire la différence entre vos revenus et vos dépenses du mois. En fin d'année, lorsque vous ferez le total des sommes mises de côté au cours de l'année, vous aurez la satisfaction de constater que vos efforts n'ont pas été inutiles.

Les dépenses particulières

Au-delà du suivi annuel de votre situation financière, votre *Budget familial Mémoniak* vous permet de suivre plus précisément certains types de dépenses qui exigent une attention particulière :

- **Les emprunts que vous avez contractés et leurs mensualités** *(page 184)*

Pas question d'échapper à leurs échéances, c'est pourquoi il est très important de prévoir leur règlement (le plus souvent sous forme de prélèvement bancaire) en indiquant dès le début de l'année dans les tableaux de chaque mois le montant qui sera prélevé.

Vérifiez régulièrement que les conditions de vos emprunts restent compétitives par rapport aux conditions en vigueur. Les taux d'intérêt ont beaucoup diminué au cours des dernières années, et il n'est pas rare que des emprunts souscrits il y a fort longtemps vous coûtent beaucoup trop cher comparé à ce que vous auriez à payer si l'emprunt était renégocié aujourd'hui. La plupart des emprunts prévoient des possibilités de remboursement anticipé, ce dont vous devrez profiter si vous pouvez négocier de meilleures conditions auprès d'un nouvel établissement (voire auprès du même établissement, qui préférera ajuster ses taux d'intérêt que de vous voir partir chez un concurrent).

• **Les contrats d'assurance** *(page 184)*

Ils représentent, eux aussi, des sommes conséquentes, et leur renouvellement annuel s'accompagne généralement d'une augmentation que vous pouvez contester. Pour cette raison, il est important d'avoir à portée de main la date d'échéance annuelle, qui détermine la date à laquelle vous pouvez, chaque année, résilier le contrat si vous jugez qu'il est devenu trop cher, ainsi que le montant de la prime annuelle (pour la comparer avec les offres concurrentes que vous pourrez demander).

• **Les dépenses d'électricité, de gaz, d'eau, de fuel** *(page 185)*

Elles doivent être suivies année par année pour savoir si votre consommation augmente ou diminue. Si vous constatez une très forte augmentation des frais d'électricité, par exemple, il faudra en comprendre la raison et rectifier si nécessaire.

• **L'argent de poche des enfants** *(page 186)*

Inscrivez l'argent de poche que vous versez à chaque enfant et notez les dates de versements. Vous éviterez ainsi des discussions parfois orageuses au sein de la famille…

• **L'impôt sur le revenu** *(page 187)*

Le prélèvement à la source de l'impôt sur le revenu a été mis en place le 1er janvier 2020. À compter de cette date, vos impôts sur le revenu (IRPP) sont directement déduits, chaque mois, sur votre feuille de paie. Vous avez donc choisi un taux de prélèvement **personnalisé en fonction de votre foyer fiscal** (qui tient compte de l'ensemble de vos revenus, de votre situation et de vos charges de famille) ou un taux **individualisé** (qui tient compte des disparités de revenus au sein du couple) ou encore un taux **non personnalisé** (qui correspond seulement à votre rémunération sans tenir compte d'autres critères). Si vous êtes dans ce dernier cas, vous devez verser à l'administration une somme correspondant à la différence, tous les mois ou au dernier trimestre de l'année. Il vous faudra donc en calculer les montants approximatifs afin de prévoir le décaissement correspondant. Attention : tout retard de paiement par rapport à la date limite entraîne une pénalité automatique de 10 % minimum.

Si vous avez choisi un taux personnalisé en fonction de votre foyer fiscal ou individualisé, dès que votre situation change (mariage, divorce, naissance, nouveaux revenus, etc.), signalez-le à l'administration fiscale pour que votre taux, et vos acomptes mensuels ou trimestriels si vous en avez, soient recalculés immédiatement.

• **Les autres impôts** *(page 187)*

Les modalités de paiement des autres impôts (taxe foncière si vous êtes propriétaire, taxe d'habitation pour votre logement, etc.) n'ont pas changé. Comme pour les remboursements d'emprunts, les différents impôts à payer sont exigibles à date fixe. Il faut donc en calculer les montants approximatifs afin de prévoir le décaissement correspondant. Attention : là encore, tout retard de paiement entraîne une pénalité de 10 % minimum.

• **Les dépenses médicales** *(pages 188 à 191)*
Ces dépenses sont toujours compliquées à calculer, car certaines sont remboursées en partie par la Sécurité sociale et par votre mutuelle (si vous en avez une), d'autres ne le sont que très partiellement ou parfois pas du tout. Vos dépenses de santé **réelles** sont constituées de la différence entre ce que vous avez payé et le total des remboursements que vous recevez (Sécurité sociale + mutuelle), même si ceux-ci vous sont versés plus tard.

Ces tableaux vous permettront de suivre les dépenses engagées par tous les membres de la famille, de vérifier si elles ont été remboursées (et, le cas échéant, de réclamer un remboursement qui a peut-être été oublié) et enfin, de calculer le **montant net** de vos dépenses, pour l'inscrire dans votre budget de l'année suivante.

Le calcul du budget 2025
(pages 192 et 193)

C'est la dernière étape du suivi de vos comptes. Elle consiste à tenir compte de votre situation en 2024, pour définir des prévisions réalistes pour 2025, aussi bien en ce qui concerne les revenus que les dépenses. Si, par exemple, vous constatez depuis deux ans une augmentation de 10 % par an de vos dépenses d'énergie (électricité, gaz), il serait irréaliste d'imaginer que celles-ci vont diminuer l'an prochain. De même, si vous prévoyez une rentrée d'argent exceptionnelle l'année suivante, inscrivez-la dans votre budget, cela vous permettra de prévoir de façon réaliste l'ensemble de votre situation.

Lorsque vous aurez complété votre budget 2025, il sera temps d'acquérir et compléter le *Budget familial Mémoniak 2025.*

Calendrier des vacances scolaires*

Zone A : Besançon, Bordeaux, Clermont-Ferrand, Dijon, Grenoble, Limoges, Lyon, Poitiers.
Zone B : Aix-Marseille, Amiens, Lille, Nancy-Metz, Nantes, Nice, Normandie, Orléans-Tours, Reims, Rennes, Strasbourg.
Zone C : Créteil, Montpellier, Paris, Toulouse, Versailles.

Rentrée des classes : lundi 4 septembre 2023.
Vacances de la Toussaint : du samedi 21 octobre 2023 au lundi 6 novembre 2023.
Vacances de Noël : du samedi 23 décembre 2023 au lundi 8 janvier 2024.
Vacances d'hiver :
Zone A : du samedi 17 février au lundi 4 mars 2024.
Zone B : du samedi 24 février au lundi 11 mars 2024.
Zone C : du samedi 10 février au lundi 26 février 2024.
Vacances de printemps :
Zone A : du samedi 13 avril au lundi 29 avril 2024.
Zone B : du samedi 20 avril au lundi 6 mai 2024.
Zone C : du samedi 6 avril au lundi 22 avril 2024.
Vacances d'été : samedi 6 juillet 2024.
Rentrée des classes : lundi 2 septembre 2024.
Vacances de la Toussaint : du samedi 19 octobre au lundi 4 novembre 2024.
Vacances de Noël : du samedi 21 décembre 2024 au lundi 6 janvier 2025.

Le départ en vacances a lieu après la classe, la reprise des cours le matin du jour indiqué.

Calendrier 2023

JANVIER 2023	FÉVRIER 2023	MARS 2023	AVRIL 2023	MAI 2023	JUIN 2023
1 D Jour de l'An	1 M	1 M	1 S	1 L Fête du Travail	1 J
2 L	2 J	2 J	2 D	2 M	2 V
3 M	3 V	3 V	3 L	3 M	3 S
4 M	4 S	4 S	4 M	4 J	4 D
5 J	5 D	5 D	5 M	5 V	5 L
6 V	6 L	6 L	6 J	6 S	6 M
7 S	7 M	7 M	7 V	7 D	7 M
8 D	8 M	8 M	8 S	8 L Victoire de 1945	8 J
9 L	9 J	9 J	9 D Pâques	9 M	9 V
10 M	10 V	10 V	10 L Lundi de Pâques	10 M	10 S
11 M	11 S	11 S	11 M	11 J	11 D
12 J	12 D	12 D	12 M	12 V	12 L
13 V	13 L	13 L	13 J	13 S	13 M
14 S	14 M	14 M	14 V	14 D	14 M
15 D	15 M	15 M	15 S	15 L	15 J
16 L	16 J	16 J	16 D	16 M	16 V
17 M	17 V	17 V	17 L	17 M	17 S
18 M	18 S	18 S	18 M	18 J Ascension	18 D
19 J	19 D	19 D	19 M	19 V	19 L
20 V	20 L	20 L	20 J	20 S	20 M
21 S	21 M	21 M	21 V	21 D	21 M
22 D	22 M	22 M	22 S	22 L	22 J
23 L	23 J	23 J	23 D	23 M	23 V
24 M	24 V	24 V	24 L	24 M	24 S
25 M	25 S	25 S	25 M	25 J	25 D
26 J	26 D	26 D	26 M	26 V	26 L
27 V	27 L	27 L	27 J	27 S	27 M
28 S	28 M	28 M	28 V	28 D Pentecôte	28 M
29 D		29 M	29 S	29 L Lundi de Pentecôte	29 J
30 L		30 J	30 D	30 M	30 V
31 M		31 V		31 M	

JUILLET 2023	AOÛT 2023	SEPTEMBRE 2023	OCTOBRE 2023	NOVEMBRE 2023	DÉCEMBRE 2023
1 S	1 M	1 V	1 D	1 M Toussaint	1 V
2 D	2 M	2 S	2 L	2 J	2 S
3 L	3 J	3 D	3 M	3 V	3 D
4 M	4 V	4 L	4 M	4 S	4 L
5 M	5 S	5 M	5 J	5 D	5 M
6 J	6 D	6 M	6 V	6 L	6 M
7 V	7 L	7 J	7 S	7 M	7 J
8 S	8 M	8 V	8 D	8 M	8 V
9 D	9 M	9 S	9 L	9 J	9 S
10 L	10 J	10 D	10 M	10 V	10 D
11 M	11 V	11 L	11 M	11 S Armistice de 1918	11 L
12 M	12 S	12 M	12 J	12 D	12 M
13 J	13 D	13 M	13 V	13 L	13 M
14 V Fête nat. française	14 L	14 J	14 S	14 M	14 J
15 S	15 M Assomption	15 V	15 D	15 M	15 V
16 D	16 M	16 S	16 L	16 J	16 S
17 L	17 J	17 D	17 M	17 V	17 D
18 M	18 V	18 L	18 M	18 S	18 L
19 M	19 S	19 M	19 J	19 D	19 M
20 J	20 D	20 M	20 V	20 L	20 M
21 V	21 L	21 J	21 S	21 M	21 J
22 S	22 M	22 V	22 D	22 M	22 V
23 D	23 M	23 S	23 L	23 J	23 S
24 L	24 J	24 D	24 M	24 V	24 D
25 M	25 V	25 L	25 M	25 S	25 L Noël
26 M	26 S	26 M	26 J	26 D	26 M
27 J	27 D	27 M	27 V	27 L	27 M
28 V	28 L	28 J	28 S	28 M	28 J
29 S	29 M	29 V	29 D	29 M	29 V
30 D	30 M	30 S	30 L	30 J	30 S
31 L	31 J		31 M		31 D

*Des changements ont pu être décidés par le ministère de l'Éducation nationale concernant les dates de vacances scolaires entre la date d'impression et la date de commercialisation de cet ouvrage. Nous vous conseillons de les vérifier sur le site Internet du ministère de l'Éducation nationale avant toute utilisation.

Zone A Zone B Zone C. Voir liste des zones de vacances scolaires en page 10.

Calendrier 2024

JANVIER 2024	FÉVRIER 2024	MARS 2024	AVRIL 2024	MAI 2024	JUIN 2024
1 L Jour de l'An	1 J	1 V	1 L Lundi de Pâques	1 M Fête du Travail	1 S
2 M	2 V	2 S	2 M	2 J	2 D
3 M	3 S	3 D	3 M	3 V	3 L
4 J	4 D	4 L	4 J	4 S	4 L
5 V	5 L	5 M	5 V	5 D	5 M
6 S	6 M	6 M	6 S	6 L	6 J
7 D	7 M	7 J	7 D	7 M	7 V
8 L	8 J	8 V	8 L	8 M Victoire de 1945	8 S
9 M	9 V	9 S	9 M	9 J Ascension	9 D
10 M	10 S	10 D	10 M	10 V	10 L
11 J	11 D	11 L	11 J	11 S	11 M
12 V	12 L	12 M	12 V	12 D	12 M
13 S	13 M	13 M	13 S	13 L	13 J
14 D	14 M	14 J	14 D	14 M	14 V
15 L	15 J	15 V	15 L	15 M	15 S
16 M	16 V	16 S	16 M	16 J	16 D
17 M	17 S	17 D	17 M	17 V	17 L
18 J	18 D	18 L	18 J	18 S	18 M
19 V	19 L	19 M	19 V	19 D Pentecôte	19 M
20 S	20 M	20 M	20 S	20 L Lundi de Pentecôte	20 J
21 D	21 M	21 J	21 D	21 M	21 V
22 L	22 J	22 V	22 L	22 M	22 S
23 M	23 V	23 S	23 M	23 J	23 D
24 M	24 S	24 D	24 M	24 V	24 L
25 J	25 D	25 L	25 J	25 S	25 M
26 V	26 L	26 M	26 V	26 D	26 M
27 S	27 M	27 M	27 S	27 L	27 J
28 D	28 M	28 J	28 D	28 M	28 V
29 L	29 J	29 V	29 L	29 M	29 S
30 M		30 S	30 M	30 J	30 D
31 M		31 D Pâques		31 V	

JUILLET 2024	AOÛT 2024	SEPTEMBRE 2024	OCTOBRE 2024	NOVEMBRE 2024	DÉCEMBRE 2024
1 L	1 J	1 D	1 M	1 V Toussaint	1 D
2 M	2 V	2 L	2 M	2 S	2 L
3 M	3 S	3 M	3 J	3 D	3 M
4 J	4 D	4 M	4 V	4 L	4 M
5 V	5 L	5 J	5 S	5 M	5 J
6 S	6 M	6 V	6 D	6 M	6 V
7 D	7 M	7 S	7 L	7 J	7 S
8 L	8 J	8 D	8 M	8 V	8 D
9 M	9 V	9 L	9 M	9 S	9 L
10 M	10 S	10 M	10 J	10 D	10 M
11 J	11 D	11 M	11 V	11 L Armistice de 1918	11 M
12 V	12 L	12 J	12 S	12 M	12 J
13 S	13 M	13 V	13 D	13 M	13 V
14 D Fête nat. française	14 M	14 S	14 L	14 J	14 S
15 L	15 J Assomption	15 D	15 M	15 V	15 D
16 M	16 V	16 L	16 M	16 S	16 L
17 M	17 S	17 M	17 J	17 D	17 M
18 J	18 D	18 M	18 V	18 L	18 M
19 V	19 L	19 J	19 S	19 M	19 J
20 S	20 M	20 V	20 D	20 M	20 V
21 D	21 M	21 S	21 L	21 J	21 S
22 L	22 J	22 D	22 M	22 V	22 D
23 M	23 V	23 L	23 M	23 S	23 L
24 M	24 S	24 M	24 J	24 D	24 M
25 J	25 D	25 M	25 V	25 L	25 M Noël
26 V	26 L	26 J	26 S	26 M	26 J
27 S	27 M	27 V	27 D	27 M	27 V
28 D	28 M	28 S	28 L	28 J	28 S
29 L	29 J	29 D	29 M	29 V	29 D
30 M	30 V	30 L	30 M	30 S	30 L
31 M	31 S		31 J		31 M

*Des changements ont pu être décidés par le ministère de l'Éducation nationale concernant les dates de vacances scolaires entre la date d'impression et la date de commercialisation de cet ouvrage. Nous vous conseillons de les vérifier sur le site Internet du ministère de l'Éducation nationale avant toute utilisation.

Zone A Zone B Zone C. Voir liste des zones de vacances scolaires en page 10.

Mon budget pour l'année 2023

RECETTES	JUILLET	AOÛT	SEPTEMBRE	OCTOBRE	NOVEMBRE	DÉCEMBRE
Salaires et honoraires						
Pensions						
Allocations						
Loyers perçus						
Autres gains						
TOTAL REVENUS						
DÉPENSES						
OBLIGATOIRES						
Logement						
Emprunts						
Assurance et mutuelle						
Eau/électricité/gaz						
Impôts						
Pensions						
TOTAL OBLIGATOIRES						
COURANTES						
Alimentation						
Alimentation (suite)						
Vêtements, linge						
Santé						
Téléphone et Internet						
Entretien & CESU						
Voiture						
Transports						
Enfants						
Loisirs, sorties						
Sport, activités						
Coiffeur, esthétique						
Livres, journaux						
Bricolage						
Autres						
TOTAL COURANTES						
SPÉCIALES						
Matériel						
Mobilier						
Décoration						
Cadeaux, dons						
Réparations						
Vacances, voyages						
Autres						
Divers						
TOTAL SPÉCIALES						
TOTAL DÉPENSES						
SOLDE						
Recettes - dépenses						

Mon budget pour l'année 2024

RECETTES	JANVIER	FÉVRIER	MARS	AVRIL	MAI	JUIN
Salaires et honoraires						
Pensions						
Allocations						
Loyers perçus						
Autres gains						
TOTAL REVENUS						
DÉPENSES						
OBLIGATOIRES						
Logement						
Emprunts						
Assurance et mutuelle						
Eau/électricité/gaz						
Impôts						
Pensions						
TOTAL OBLIGATOIRES						
COURANTES						
Alimentation						
Alimentation (suite)						
Vêtements, linge						
Santé						
Téléphone et Internet						
Entretien & CESU						
Voiture						
Transports						
Enfants						
Loisirs, sorties						
Sport, activités						
Coiffeur, esthétique						
Livres, journaux						
Bricolage						
Autres						
TOTAL COURANTES						
SPÉCIALES						
Matériel						
Mobilier						
Décoration						
Cadeaux, dons						
Réparations						
Vacances, voyages						
Autres						
Divers						
TOTAL SPÉCIALES						
TOTAL DÉPENSES						
SOLDE						
Recettes - dépenses						

Mon budget pour l'année 2024

JUILLET	AOÛT	SEPTEMBRE	OCTOBRE	NOVEMBRE	DÉCEMBRE	TOTAL

Notes

Conseil

Même si l'un des membres du foyer est plus habitué que l'autre à calculer et à suivre le budget de la famille, prenez soin de le discuter et de le valider à deux. Vous ferez moins d'erreurs dans l'estimation de vos dépenses, et vous serez tous les deux impliqués dans le suivi du budget au cours de l'année.

SEPTEMBRE  2023

Calendrier et budget du mois

SEMAINE 35	SEMAINE 36	SEMAINE 37
	Lundi 4 septembre	Lundi 11 septembre
	Mardi 5 septembre	Mardi 12 septembre
	Mercredi 6 septembre	Mercredi 13 septembre
	Jeudi 7 septembre	Jeudi 14 septembre
Vendredi 1er septembre	Vendredi 8 septembre	Vendredi 15 septembre
Samedi 2 septembre	Samedi 9 septembre	Samedi 16 septembre
Dimanche 3 septembre	Dimanche 10 septembre	Dimanche 17 septembre

SEPTEMBRE 2023

SEMAINE 38	SEMAINE 39
Lundi 18 septembre	Lundi 25 septembre
Mardi 19 septembre	Mardi 26 septembre
Mercredi 20 septembre	Mercredi 27 septembre
Jeudi 21 septembre	Jeudi 28 septembre
Vendredi 22 septembre	Vendredi 29 septembre
Samedi 23 septembre	Samedi 30 septembre
Dimanche 24 septembre	

BUDGET MENSUEL	SEPTEMBRE
OBLIGATOIRES	**MONTANT**
Logement	
Emprunts	
Assurance et mutuelle	
Eau/électricité/gaz	
Impôts	
Pensions	
TOTAL OBLIGATOIRES	
COURANTES	
Alimentation	
Alimentation (suite)	
Vêtements, linge	
Santé	
Téléphone et Internet	
Entretien & CESU	
Voiture	
Transports	
Enfants	
Loisirs, sorties	
Sport, activités	
Coiffeur, esthétique	
Livres, journaux	
Bricolage	
Autres	
TOTAL COURANTES	
SPÉCIALES	
Matériel	
Mobilier	
Décoration	
Cadeaux, dons	
Réparations	
Vacances, voyages	
Autres	
Divers	
TOTAL SPÉCIALES	
TOTAL	

Suivi des dépenses comptes bancaires

DATE	LIBELLÉ DÉPENSE	MOYEN PAIEMENT	COMPTE	COMPTE	COMPTE	AUTRE	REPORT P. 25
SOUS-TOTAL À REPORTER							

SEPTEMBRE 2023

DATE	LIBELLÉ	MOYEN PAIEMENT	COMPTE	COMPTE	COMPTE	AUTRE	REPORT P. 25
REPORT SOUS-TOTAL							
TOTAL DÉPENSES DU MOIS							

Suivi des dépenses cartes bancaires et espèces

DATE	LIBELLÉ DÉPENSE	CB	CB	ESPÈCES	ESPÈCES	AUTRE	REPORT P. 25
SOUS-TOTAL À REPORTER							

SEPTEMBRE 2023

DATE	LIBELLÉ DÉPENSE	CB	CB	ESPÈCES	ESPÈCES	AUTRE	REPORT P. 25
REPORT SOUS-TOTAL							
TOTAL DÉPENSES DU MOIS							

Récapitulatif des dépenses

CATÉGORIE	TOTAL DÉPENSES PAGE DE DROITE	BUDGET	ÉCART	NOTES
OBLIGATOIRES				
Logement				
Emprunts				
Assurance et mutuelle				
Eau/électricité/gaz				
Impôts				
Pensions				
TOTAL OBLIGATOIRES				
COURANTES				
Alimentation				
Alimentation (suite)				
Vêtements, linge				
Santé				
Téléphone et Internet				
Entretien & CESU				
Voiture				
Transports				
Enfants				
Loisirs, sorties				
Sport, activités				
Coiffeur, esthétique				
Livres, journaux				
Bricolage				
Autres				
TOTAL COURANTES				
SPÉCIALES				
Matériel				
Mobilier				
Décoration				
Cadeaux, dons				
Réparations				
Vacances, voyages				
Autres				
Divers				
TOTAL SPÉCIALES				
TOTAL				

SEPTEMBRE 2023

REPORT DES TABLEAUX DE DÉPENSES P. 20 À 23 COLONNES À TOTALISER PAGE DE GAUCHE										CATÉGORIE
										OBLIGATOIRES
										Logement
										Emprunts
										Assurance et mutuelle
										Eau/électricité/gaz
										Impôts
										Pensions
										COURANTES
										Alimentation
										Alimentation (suite)
										Vêtements, linge
										Santé
										Téléphone et Internet
										Entretien & CESU
										Voiture
										Transports
										Enfants
										Loisirs, sorties
										Sport, activités
										Coiffeur, esthétique
										Livres, journaux
										Bricolage
										Autres
										SPÉCIALES
										Matériel
										Mobilier
										Décoration
										Cadeaux, dons
										Réparations
										Vacances, voyages
										Autres
										Divers

Voiture = assurance, parkings, péages, essence, réparations – Logement = loyer, charges locatives
Enfants = études, soutien scolaire, garde, argent de poche – Loisirs = sorties, spectacles, cinéma, restaurants, week-ends

Récapitulatif des revenus et dépenses

DATE	LIBELLÉ RECETTES	COMPTE	COMPTE	COMPTE	AUTRE	TOTAL
	TOTAL					

	RÉEL	BUDGET	ÉCART
RECETTES DU MOIS (TOUS CPTES)			
dont remboursements Sécu & mutuelle			
DÉPENSES DU MOIS			
OBLIGATOIRES			
COURANTES			
SPÉCIALES			
TOTAL			
RECETTES - DÉPENSES			
SOLDE À ÉPARGNER			

NOTES

OCTOBRE  2023

Calendrier et budget du mois

SEMAINE 39	SEMAINE 40	SEMAINE 41	SEMAINE 42
	Lundi 2 octobre	Lundi 9 octobre	Lundi 16 octobre
	Mardi 3 octobre	Mardi 10 octobre	Mardi 17 octobre
	Mercredi 4 octobre	Mercredi 11 octobre	Mercredi 18 octobre
	Jeudi 5 octobre	Jeudi 12 octobre	Jeudi 19 octobre
	Vendredi 6 octobre	Vendredi 13 octobre	Vendredi 20 octobre
	Samedi 7 octobre	Samedi 14 octobre	Samedi 21 octobre
Dimanche 1er octobre	Dimanche 8 octobre	Dimanche 15 octobre	Dimanche 22 octobre

OCTOBRE 2023

SEMAINE 43

Lundi 23 octobre

Mardi 24 octobre

Mercredi 25 octobre

Jeudi 26 octobre

Vendredi 27 octobre

Samedi 28 octobre

Dimanche 29 octobre

SEMAINE 44

Lundi 30 octobre

Mardi 31 octobre

BUDGET MENSUEL

OBLIGATOIRES	OCTOBRE MONTANT
Logement	
Emprunts	
Assurance et mutuelle	
Eau/électricité/gaz	
Impôts	
Pensions	
TOTAL OBLIGATOIRES	
COURANTES	
Alimentation	
Alimentation (suite)	
Vêtements, linge	
Santé	
Téléphone et Internet	
Entretien & CESU	
Voiture	
Transports	
Enfants	
Loisirs, sorties	
Sport, activités	
Coiffeur, esthétique	
Livres, journaux	
Bricolage	
Autres	
TOTAL COURANTES	
SPÉCIALES	
Matériel	
Mobilier	
Décoration	
Cadeaux, dons	
Réparations	
Vacances, voyages	
Autres	
Divers	
TOTAL SPÉCIALES	
TOTAL	

Suivi des dépenses comptes bancaires

DATE	LIBELLÉ DÉPENSE	MOYEN PAIEMENT	COMPTE	COMPTE	COMPTE	AUTRE	REPORT P. 35
SOUS-TOTAL À REPORTER							

OCTOBRE 2023

DATE	LIBELLÉ	MOYEN PAIEMENT	COMPTE	COMPTE	COMPTE	AUTRE	REPORT P. 35
REPORT SOUS-TOTAL							
TOTAL DÉPENSES DU MOIS							

Suivi des dépenses cartes bancaires et espèces

DATE	LIBELLÉ DÉPENSE	CB	CB	ESPÈCES	ESPÈCES	AUTRE	REPORT P. 35
SOUS-TOTAL À REPORTER							

OCTOBRE 2023

DATE	LIBELLÉ DÉPENSE	CB	CB	ESPÈCES	ESPÈCES	AUTRE	REPORT P. 35
REPORT SOUS-TOTAL							
TOTAL DÉPENSES DU MOIS							

Récapitulatif des dépenses

CATÉGORIE	TOTAL DÉPENSES PAGE DE DROITE	BUDGET	ÉCART	NOTES
OBLIGATOIRES				
Logement				
Emprunts				
Assurance et mutuelle				
Eau/électricité/gaz				
Impôts				
Pensions				
TOTAL OBLIGATOIRES				
COURANTES				
Alimentation				
Alimentation (suite)				
Vêtements, linge				
Santé				
Téléphone et Internet				
Entretien & CESU				
Voiture				
Transports				
Enfants				
Loisirs, sorties				
Sport, activités				
Coiffeur, esthétique				
Livres, journaux				
Bricolage				
Autres				
TOTAL COURANTES				
SPÉCIALES				
Matériel				
Mobilier				
Décoration				
Cadeaux, dons				
Réparations				
Vacances, voyages				
Autres				
Divers				
TOTAL SPÉCIALES				
TOTAL				

OCTOBRE 2023

REPORT DES TABLEAUX DE DÉPENSES P. 30 À 33 COLONNES À TOTALISER PAGE DE GAUCHE										CATÉGORIE
										OBLIGATOIRES
										Logement
										Emprunts
										Assurance et mutuelle
										Eau/électricité/gaz
										Impôts
										Pensions
										COURANTES
										Alimentation
										Alimentation (suite)
										Vêtements, linge
										Santé
										Téléphone et Internet
										Entretien & CESU
										Voiture
										Transports
										Enfants
										Loisirs, sorties
										Sport, activités
										Coiffeur, esthétique
										Livres, journaux
										Bricolage
										Autres
										SPÉCIALES
										Matériel
										Mobilier
										Décoration
										Cadeaux, dons
										Réparations
										Vacances, voyages
										Autres
										Divers

Voiture = assurance, parkings, péages, essence, réparations – Logement = loyer, charges locatives
Enfants = études, soutien scolaire, garde, argent de poche – Loisirs = sorties, spectacles, cinéma, restaurants, week-ends

Récapitulatif des revenus et dépenses

DATE	LIBELLÉ	COMPTE	COMPTE	COMPTE	AUTRE	TOTAL
	RECETTES					
	TOTAL					

	RÉEL	BUDGET	ÉCART
RECETTES DU MOIS (TOUS CPTES)			
dont remboursements Sécu & mutuelle			
DÉPENSES DU MOIS			
OBLIGATOIRES			
COURANTES			
SPÉCIALES			
TOTAL			
RECETTES - DÉPENSES			
SOLDE À ÉPARGNER			

NOTES

NOVEMBRE  2023

Calendrier et budget du mois

SEMAINE 44	SEMAINE 45	SEMAINE 46
	Lundi 6 novembre	Lundi 13 novembre
	Mardi 7 novembre	Mardi 14 novembre
Mercredi 1er novembre	Mercredi 8 novembre	Mercredi 15 novembre
Jeudi 2 novembre	Jeudi 9 novembre	Jeudi 16 novembre
Vendredi 3 novembre	Vendredi 10 novembre	Vendredi 17 novembre
Samedi 4 novembre	Samedi 11 novembre	Samedi 18 novembre
Dimanche 5 novembre	Dimanche 12 novembre	Dimanche 19 novembre

NOVEMBRE  2023

SEMAINE 47

Lundi 20 novembre

Mardi 21 novembre

Mercredi 22 novembre

Jeudi 23 novembre

Vendredi 24 novembre

Samedi 25 novembre

Dimanche 26 novembre

SEMAINE 48

Lundi 27 novembre

Mardi 28 novembre

Mercredi 29 novembre

Jeudi 30 novembre

BUDGET MENSUEL	NOVEMBRE
OBLIGATOIRES	MONTANT
Logement	
Emprunts	
Assurance et mutuelle	
Eau/électricité/gaz	
Impôts	
Pensions	
TOTAL OBLIGATOIRES	
COURANTES	
Alimentation	
Alimentation (suite)	
Vêtements, linge	
Santé	
Téléphone et Internet	
Entretien & CESU	
Voiture	
Transports	
Enfants	
Loisirs, sorties	
Sport, activités	
Coiffeur, esthétique	
Livres, journaux	
Bricolage	
Autres	
TOTAL COURANTES	
SPÉCIALES	
Matériel	
Mobilier	
Décoration	
Cadeaux, dons	
Réparations	
Vacances, voyages	
Autres	
Divers	
TOTAL SPÉCIALES	
TOTAL	

Suivi des dépenses comptes bancaires

DATE	LIBELLÉ DÉPENSE	MOYEN PAIEMENT	COMPTE	COMPTE	COMPTE	AUTRE	REPORT P. 45
SOUS-TOTAL À REPORTER							

NOVEMBRE 2023

DATE	LIBELLÉ	MOYEN PAIEMENT	COMPTE	COMPTE	COMPTE	AUTRE	REPORT P. 45
REPORT SOUS-TOTAL							
TOTAL DÉPENSES DU MOIS							

Suivi des dépenses cartes bancaires et espèces

DATE	LIBELLÉ DÉPENSE	CB	CB	ESPÈCES	ESPÈCES	AUTRE	REPORT P. 45
SOUS-TOTAL À REPORTER							

NOVEMBRE 2023

DATE	LIBELLÉ DÉPENSE	CB	CB	ESPÈCES	ESPÈCES	AUTRE	REPORT P. 45
REPORT SOUS-TOTAL							
TOTAL DÉPENSES DU MOIS							

Récapitulatif des dépenses

CATÉGORIE OBLIGATOIRES	TOTAL DÉPENSES PAGE DE DROITE	BUDGET	ÉCART	NOTES
Logement				
Emprunts				
Assurance et mutuelle				
Eau/électricité/gaz				
Impôts				
Pensions				
TOTAL OBLIGATOIRES				
COURANTES				
Alimentation				
Alimentation (suite)				
Vêtements, linge				
Santé				
Téléphone et Internet				
Entretien & CESU				
Voiture				
Transports				
Enfants				
Loisirs, sorties				
Sport, activités				
Coiffeur, esthétique				
Livres, journaux				
Bricolage				
Autres				
TOTAL COURANTES				
SPÉCIALES				
Matériel				
Mobilier				
Décoration				
Cadeaux, dons				
Réparations				
Vacances, voyages				
Autres				
Divers				
TOTAL SPÉCIALES				
TOTAL				

NOVEMBRE

2023

REPORT DES TABLEAUX DE DÉPENSES P. 40 À 43 COLONNES À TOTALISER PAGE DE GAUCHE										CATÉGORIE
										OBLIGATOIRES
										Logement
										Emprunts
										Assurance et mutuelle
										Eau/électricité/gaz
										Impôts
										Pensions
										COURANTES
										Alimentation
										Alimentation (suite)
										Vêtements, linge
										Santé
										Téléphone et Internet
										Entretien & CESU
										Voiture
										Transports
										Enfants
										Loisirs, sorties
										Sport, activités
										Coiffeur, esthétique
										Livres, journaux
										Bricolage
										Autres
										SPÉCIALES
										Matériel
										Mobilier
										Décoration
										Cadeaux, dons
										Réparations
										Vacances, voyages
										Autres
										Divers

Voiture = assurance, parkings, péages, essence, réparations – Logement = loyer, charges locatives
Enfants = études, soutien scolaire, garde, argent de poche – Loisirs = sorties, spectacles, cinéma, restaurants, week-ends

Récapitulatif des revenus et dépenses

DATE	LIBELLÉ RECETTES	COMPTE	COMPTE	COMPTE	AUTRE	TOTAL
	TOTAL					

		RÉEL	BUDGET	ÉCART	NOTES
	RECETTES DU MOIS (TOUS CPTES)				
	dont remboursements Sécu & mutuelle				
	DÉPENSES DU MOIS				
	OBLIGATOIRES				
	COURANTES				
	SPÉCIALES				
	TOTAL				
	RECETTES - DÉPENSES				
	SOLDE À ÉPARGNER				

DÉCEMBRE  2023

Calendrier et budget du mois

SEMAINE 48	SEMAINE 49	SEMAINE 50
	Lundi 4 décembre	Lundi 11 décembre
	Mardi 5 décembre	Mardi 12 décembre
	Mercredi 6 décembre	Mercredi 13 décembre
	Jeudi 7 décembre	Jeudi 14 décembre
Vendredi 1er décembre	Vendredi 8 décembre	Vendredi 15 décembre
Samedi 2 décembre	Samedi 9 décembre	Samedi 16 décembre
Dimanche 3 décembre	Dimanche 10 décembre	Dimanche 17 décembre

DÉCEMBRE 2023

SEMAINE 51	SEMAINE 52	BUDGET MENSUEL	DÉCEMBRE
Lundi 18 décembre	Lundi 25 décembre	**OBLIGATOIRES**	**MONTANT**
		Logement	
		Emprunts	
		Assurance et mutuelle	
		Eau/électricité/gaz	
		Impôts	
Mardi 19 décembre	Mardi 26 décembre	Pensions	
		TOTAL OBLIGATOIRES	
		COURANTES	
		Alimentation	
		Alimentation (suite)	
Mercredi 20 décembre	Mercredi 27 décembre	Vêtements, linge	
		Santé	
		Téléphone et Internet	
		Entretien & CESU	
		Voiture	
		Transports	
Jeudi 21 décembre	Jeudi 28 décembre	Enfants	
		Loisirs, sorties	
		Sport, activités	
		Coiffeur, esthétique	
		Livres, journaux	
		Bricolage	
Vendredi 22 décembre	Vendredi 29 décembre	Autres	
		TOTAL COURANTES	
		SPÉCIALES	
		Matériel	
		Mobilier	
Samedi 23 décembre	Samedi 30 décembre	Décoration	
		Cadeaux, dons	
		Réparations	
		Vacances, voyages	
		Autres	
Dimanche 24 décembre	Dimanche 31 décembre	Divers	
		TOTAL SPÉCIALES	
		TOTAL	

Suivi des dépenses comptes bancaires

DATE	LIBELLÉ DÉPENSE	MOYEN PAIEMENT	COMPTE	COMPTE	COMPTE	AUTRE	REPORT P. 55
SOUS-TOTAL À REPORTER							

DÉCEMBRE 2023

DATE	LIBELLÉ	MOYEN PAIEMENT	COMPTE	COMPTE	COMPTE	AUTRE	REPORT P. 55
REPORT SOUS-TOTAL							
TOTAL DÉPENSES DU MOIS							

Suivi des dépenses cartes bancaires et espèces

DATE	LIBELLÉ DÉPENSE	CB	CB	ESPÈCES	ESPÈCES	AUTRE	REPORT P. 55
SOUS-TOTAL À REPORTER							

DÉCEMBRE 2023

DATE	LIBELLÉ DÉPENSE	CB	CB	ESPECES	ESPÈCES	AUTRE	REPORT P. 55
REPORT SOUS-TOTAL							
TOTAL DÉPENSES DU MOIS							

Récapitulatif des dépenses

CATÉGORIE	TOTAL DÉPENSES PAGE DE DROITE	BUDGET	ÉCART	NOTES
OBLIGATOIRES				
Logement				
Emprunts				
Assurance et mutuelle				
Eau/électricité/gaz				
Impôts				
Pensions				
TOTAL OBLIGATOIRES				
COURANTES				
Alimentation				
Alimentation (suite)				
Vêtements, linge				
Santé				
Téléphone et Internet				
Entretien & CESU				
Voiture				
Transports				
Enfants				
Loisirs, sorties				
Sport, activités				
Coiffeur, esthétique				
Livres, journaux				
Bricolage				
Autres				
TOTAL COURANTES				
SPÉCIALES				
Matériel				
Mobilier				
Décoration				
Cadeaux, dons				
Réparations				
Vacances, voyages				
Autres				
Divers				
TOTAL SPÉCIALES				
TOTAL				

DÉCEMBRE 2023

REPORT DES TABLEAUX DE DÉPENSES P. 50 À 53
COLONNES À TOTALISER PAGE DE GAUCHE

										CATÉGORIE
										OBLIGATOIRES
										Logement
										Emprunts
										Assurance et mutuelle
										Eau/electricité/gaz
										Impôts
										Pensions
										COURANTES
										Alimentation
										Alimentation (suite)
										Vêtements, linge
										Santé
										Téléphone et Internet
										Entretien & CESU
										Voiture
										Transports
										Enfants
										Loisirs, sorties
										Sport, activités
										Coiffeur, esthétique
										Livres, journaux
										Bricolage
										Autres
										SPÉCIALES
										Matériel
										Mobilier
										Décoration
										Cadeaux, dons
										Réparations
										Vacances, voyages
										Autres
										Divers

Voiture = assurance, parkings, péages, essence, réparations – Logement = loyer, charges locatives
Enfants = études, soutien scolaire, garde, argent de poche – Loisirs = sorties, spectacles, cinéma, restaurants, week-ends

Récapitulatif des revenus et dépenses

DATE	LIBELLÉ RECETTES	COMPTE	COMPTE	COMPTE	AUTRE	TOTAL
	TOTAL					

	RÉEL	BUDGET	ÉCART
RECETTES DU MOIS (TOUS CPTES)			
dont remboursements Sécu & mutuelle			
DÉPENSES DU MOIS			
OBLIGATOIRES			
COURANTES			
SPÉCIALES			
TOTAL			
RECETTES - DÉPENSES			
SOLDE À ÉPARGNER			

NOTES

JANVIER  2024

Calendrier et budget du mois

SEMAINE 1	SEMAINE 2	SEMAINE 3
Lundi 1er janvier	Lundi 8 janvier	Lundi 15 janvier
Mardi 2 janvier	Mardi 9 janvier	Mardi 16 janvier
Mercredi 3 janvier	Mercredi 10 janvier	Mercredi 17 janvier
Jeudi 4 janvier	Jeudi 11 janvier	Jeudi 18 janvier
Vendredi 5 janvier	Vendredi 12 janvier	Vendredi 19 janvier
Samedi 6 janvier	Samedi 13 janvier	Samedi 20 janvier
Dimanche 7 janvier	Dimanche 14 janvier	Dimanche 21 janvier

JANVIER 2024

SEMAINE 4

Lundi 22 janvier

Mardi 23 janvier

Mercredi 24 janvier

Jeudi 25 janvier

Vendredi 26 janvier

Samedi 27 janvier

Dimanche 28 janvier

SEMAINE 5

Lundi 29 janvier

Mardi 30 janvier

Mercredi 31 janvier

BUDGET MENSUEL	JANVIER
OBLIGATOIRES	**MONTANT**
Logement	
Emprunts	
Assurance et mutuelle	
Eau/électricité/gaz	
Impôts	
Pensions	
TOTAL OBLIGATOIRES	
COURANTES	
Alimentation	
Alimentation (suite)	
Vêtements, linge	
Santé	
Téléphone et Internet	
Entretien & CESU	
Voiture	
Transports	
Enfants	
Loisirs, sorties	
Sport, activités	
Coiffeur, esthétique	
Livres, journaux	
Bricolage	
Autres	
TOTAL COURANTES	
SPÉCIALES	
Matériel	
Mobilier	
Décoration	
Cadeaux, dons	
Réparations	
Vacances, voyages	
Autres	
Divers	
TOTAL SPÉCIALES	
TOTAL	

Suivi des dépenses comptes bancaires

DATE	LIBELLÉ DÉPENSE	MOYEN PAIEMENT	COMPTE	COMPTE	COMPTE	AUTRE	REPORT P. 65
SOUS-TOTAL À REPORTER							

JANVIER 2024

DATE	LIBELLÉ	MOYEN PAIEMENT	COMPTE	COMPTE	COMPTE	AUTRE	REPORT P. 65
REPORT SOUS-TOTAL							
TOTAL DÉPENSES DU MOIS							

Suivi des dépenses cartes bancaires et espèces

DATE	LIBELLÉ DÉPENSE	CB	CB	ESPÈCES	ESPÈCES	AUTRE	REPORT P. 65
SOUS-TOTAL À REPORTER							

JANVIER

2024

DATE	LIBELLÉ DÉPENSE	CB	CB	ESPÈCES	ESPÈCES	AUTRE	REPORT P. 65
REPORT SOUS-TOTAL							
TOTAL DÉPENSES DU MOIS							

Récapitulatif des dépenses

CATÉGORIE	TOTAL DÉPENSES PAGE DE DROITE	BUDGET	ÉCART	NOTES
OBLIGATOIRES				
Logement				
Emprunts				
Assurance et mutuelle				
Eau/électricité/gaz				
Impôts				
Pensions				
TOTAL OBLIGATOIRES				
COURANTES				
Alimentation				
Alimentation (suite)				
Vêtements, linge				
Santé				
Téléphone et Internet				
Entretien & CESU				
Voiture				
Transports				
Enfants				
Loisirs, sorties				
Sport, activités				
Coiffeur, esthétique				
Livres, journaux				
Bricolage				
Autres				
TOTAL COURANTES				
SPÉCIALES				
Matériel				
Mobilier				
Décoration				
Cadeaux, dons				
Réparations				
Vacances, voyages				
Autres				
Divers				
TOTAL SPÉCIALES				
TOTAL				

JANVIER 2024

REPORT DES TABLEAUX DE DÉPENSES P. 60 À 63 COLONNES À TOTALISER PAGE DE GAUCHE										CATÉGORIE
										OBLIGATOIRES
										Logement
										Emprunts
										Assurance et mutuelle
										Eau/électricité/gaz
										Impôts
										Pensions
										COURANTES
										Alimentation
										Alimentation (suite)
										Vêtements, linge
										Santé
										Téléphone et Internet
										Entretien & CESU
										Voiture
										Transports
										Enfants
										Loisirs, sorties
										Sport, activités
										Coiffeur, esthétique
										Livres, journaux
										Bricolage
										Autres
										SPÉCIALES
										Matériel
										Mobilier
										Décoration
										Cadeaux, dons
										Réparations
										Vacances, voyages
										Autres
										Divers

Voiture = assurance, parkings, péages, essence, réparations – Logement = loyer, charges locatives
Enfants = études, soutien scolaire, garde, argent de poche – Loisirs = sorties, spectacles, cinéma, restaurants, week-ends

Récapitulatif des revenus et dépenses

DATE	LIBELLÉ	COMPTE	COMPTE	COMPTE	AUTRE	TOTAL
	RECETTES					
	TOTAL					

	RÉEL	BUDGET	ÉCART
RECETTES DU MOIS (TOUS CPTES)			
dont remboursements Sécu & mutuelle			
DÉPENSES DU MOIS			
OBLIGATOIRES			
COURANTES			
SPÉCIALES			
TOTAL			
RECETTES - DÉPENSES			
SOLDE À ÉPARGNER			

NOTES

FÉVRIER  2024

Calendrier et budget du mois

SEMAINE 5	SEMAINE 6	SEMAINE 7
	Lundi 5 février	Lundi 12 février
	Mardi 6 février	Mardi 13 février
	Mercredi 7 février	Mercredi 14 février
Jeudi 1er février	Jeudi 8 février	Jeudi 15 février
Vendredi 2 février	Vendredi 9 février	Vendredi 16 février
Samedi 3 février	Samedi 10 février	Samedi 17 février
Dimanche 4 février	Dimanche 11 février	Dimanche 18 février

FÉVRIER  2024

SEMAINE 8

Lundi 19 février

Mardi 20 février

Mercredi 21 février

Jeudi 22 février

Vendredi 23 février

Samedi 24 février

Dimanche 25 février

SEMAINE 9

Lundi 26 février

Mardi 27 février

Mercredi 28 février

Jeudi 29 février

BUDGET MENSUEL

BUDGET MENSUEL	FÉVRIER
OBLIGATOIRES	**MONTANT**
Logement	
Emprunts	
Assurance et mutuelle	
Eau/électricité/gaz	
Impôts	
Pensions	
TOTAL OBLIGATOIRES	
COURANTES	
Alimentation	
Alimentation (suite)	
Vêtements, linge	
Santé	
Téléphone et Internet	
Entretien & CESU	
Voiture	
Transports	
Enfants	
Loisirs, sorties	
Sport, activités	
Coiffeur, esthétique	
Livres, journaux	
Bricolage	
Autres	
TOTAL COURANTES	
SPÉCIALES	
Matériel	
Mobilier	
Décoration	
Cadeaux, dons	
Réparations	
Vacances, voyages	
Autres	
Divers	
TOTAL SPÉCIALES	
TOTAL	

Suivi des dépenses comptes bancaires

DATE	LIBELLÉ DÉPENSE	MOYEN PAIEMENT	COMPTE	COMPTE	COMPTE	AUTRE	REPORT P. 75
SOUS-TOTAL À REPORTER							

FÉVRIER 2024

DATE	LIBELLÉ	MOYEN PAIEMENT	COMPTE	COMPTE	COMPTE	AUTRE	REPORT P. 75
REPORT SOUS-TOTAL							
TOTAL DÉPENSES DU MOIS							

Suivi des dépenses cartes bancaires et espèces

DATE	LIBELLÉ DÉPENSE	CB	CB	ESPÈCES	ESPÈCES	AUTRE	REPORT P. 75
SOUS-TOTAL À REPORTER							

FÉVRIER 2024

DATE	LIBELLÉ DÉPENSE	CB	CB	ESPÈCES	ESPÈCES	AUTRE	REPORT P. 75
REPORT SOUS-TOTAL							
TOTAL DÉPENSES DU MOIS							

Récapitulatif des dépenses

CATÉGORIE	TOTAL DÉPENSES PAGE DE DROITE	BUDGET	ÉCART	NOTES
OBLIGATOIRES				
Logement				
Emprunts				
Assurance et mutuelle				
Eau/électricité/gaz				
Impôts				
Pensions				
TOTAL OBLIGATOIRES				
COURANTES				
Alimentation				
Alimentation (suite)				
Vêtements, linge				
Santé				
Téléphone et Internet				
Entretien & CESU				
Voiture				
Transports				
Enfants				
Loisirs, sorties				
Sport, activités				
Coiffeur, esthétique				
Livres, journaux				
Bricolage				
Autres				
TOTAL COURANTES				
SPÉCIALES				
Matériel				
Mobilier				
Décoration				
Cadeaux, dons				
Réparations				
Vacances, voyages				
Autres				
Divers				
TOTAL SPÉCIALES				
TOTAL				

FÉVRIER 2024

REPORT DES TABLEAUX DE DÉPENSES P. 70 À 73 COLONNES À TOTALISER PAGE DE GAUCHE										CATÉGORIE
										OBLIGATOIRES
										Logement
										Emprunts
										Assurance et mutuelle
										Eau/électricité/gaz
										Impôts
										Pensions
										COURANTES
										Alimentation
										Alimentation (suite)
										Vêtements, linge
										Santé
										Téléphone et Internet
										Entretien & CESU
										Voiture
										Transports
										Enfants
										Loisirs, sorties
										Sport, activités
										Coiffeur, esthétique
										Livres, journaux
										Bricolage
										Autres
										SPÉCIALES
										Matériel
										Mobilier
										Décoration
										Cadeaux, dons
										Réparations
										Vacances, voyages
										Autres
										Divers

Voiture = assurance, parkings, péages, essence, réparations – Logement = loyer, charges locatives
Enfants = études, soutien scolaire, garde, argent de poche – Loisirs = sorties, spectacles, cinéma, restaurants, week-ends

Récapitulatif des revenus et dépenses

DATE	LIBELLÉ RECETTES	COMPTE	COMPTE	COMPTE	AUTRE	TOTAL
	TOTAL					

	RÉEL	BUDGET	ÉCART
RECETTES DU MOIS (TOUS CPTES)			
dont remboursements Sécu & mutuelle			
DÉPENSES DU MOIS			
OBLIGATOIRES			
COURANTES			
SPÉCIALES			
TOTAL			
RECETTES - DÉPENSES			
SOLDE À ÉPARGNER			

NOTES

MARS

2024

Calendrier et budget du mois

SEMAINE 9	SEMAINE 10	SEMAINE 11
	Lundi 4 mars	Lundi 11 mars
	Mardi 5 mars	Mardi 12 mars
	Mercredi 6 mars	Mercredi 13 mars
	Jeudi 7 mars	Jeudi 14 mars
Vendredi 1er mars	Vendredi 8 mars	Vendredi 15 mars
Samedi 2 mars	Samedi 9 mars	Samedi 16 mars
Dimanche 3 mars	Dimanche 10 mars	Dimanche 17 mars

MARS  2024

SEMAINE 12	SEMAINE 13
Lundi 18 mars	Lundi 25 mars
Mardi 19 mars	Mardi 26 mars
Mercredi 20 mars	Mercredi 27 mars
Jeudi 21 mars	Jeudi 28 mars
Vendredi 22 mars	Vendredi 29 mars
Samedi 23 mars	Samedi 30 mars
Dimanche 24 mars	Dimanche 31 mars

BUDGET MENSUEL	MARS
OBLIGATOIRES	MONTANT
Logement	
Emprunts	
Assurance et mutuelle	
Eau/électricité/gaz	
Impôts	
Pensions	
TOTAL OBLIGATOIRES	
COURANTES	
Alimentation	
Alimentation (suite)	
Vêtements, linge	
Santé	
Téléphone et Internet	
Entretien & CESU	
Voiture	
Transports	
Enfants	
Loisirs, sorties	
Sport, activités	
Coiffeur, esthétique	
Livres, journaux	
Bricolage	
Autres	
TOTAL COURANTES	
SPÉCIALES	
Matériel	
Mobilier	
Décoration	
Cadeaux, dons	
Réparations	
Vacances, voyages	
Autres	
Divers	
TOTAL SPÉCIALES	
TOTAL	

Suivi des dépenses comptes bancaires

DATE	LIBELLÉ DÉPENSE	MOYEN PAIEMENT	COMPTE	COMPTE	COMPTE	AUTRE	REPORT P. 85
SOUS-TOTAL À REPORTER							

MARS  2024

DATE	LIBELLÉ	MOYEN PAIEMENT	COMPTE	COMPTE	COMPTE	AUTRE	REPORT P. 85
REPORT SOUS-TOTAL							
TOTAL DÉPENSES DU MOIS							

Suivi des dépenses cartes bancaires et espèces

DATE	LIBELLÉ DÉPENSE	CB	CB	ESPÈCES	ESPÈCES	AUTRE	REPORT P. 85
SOUS-TOTAL À REPORTER							

MARS 2024

DATE	LIBELLÉ DÉPENSE	CB	CB	ESPÈCES	ESPÈCES	AUTRE	REPORT P. 85
REPORT SOUS-TOTAL							
TOTAL DÉPENSES DU MOIS							

Récapitulatif des dépenses

CATÉGORIE	TOTAL DÉPENSES PAGE DE DROITE	BUDGET	ÉCART	NOTES
OBLIGATOIRES				
Logement				
Emprunts				
Assurance et mutuelle				
Eau/électricité/gaz				
Impôts				
Pensions				
TOTAL OBLIGATOIRES				
COURANTES				
Alimentation				
Alimentation (suite)				
Vêtements, linge				
Santé				
Téléphone et Internet				
Entretien & CESU				
Voiture				
Transports				
Enfants				
Loisirs, sorties				
Sport, activités				
Coiffeur, esthétique				
Livres, journaux				
Bricolage				
Autres				
TOTAL COURANTES				
SPÉCIALES				
Matériel				
Mobilier				
Décoration				
Cadeaux, dons				
Réparations				
Vacances, voyages				
Autres				
Divers				
TOTAL SPÉCIALES				
TOTAL				

MARS 2024

REPORT DES TABLEAUX DE DÉPENSES P. 80 À 83 COLONNES À TOTALISER PAGE DE GAUCHE										CATÉGORIE
										OBLIGATOIRES
										Logement
										Emprunts
										Assurance et mutuelle
										Eau/électricité/gaz
										Impôts
										Pensions

										COURANTES
										Alimentation
										Alimentation (suite)
										Vêtements, linge
										Santé
										Téléphone et Internet
										Entretien & CESU
										Voiture
										Transports
										Enfants
										Loisirs, sorties
										Sport, activités
										Coiffeur, esthétique
										Livres, journaux
										Bricolage
										Autres

										SPÉCIALES
										Matériel
										Mobilier
										Décoration
										Cadeaux, dons
										Réparations
										Vacances, voyages
										Autres
										Divers

Voiture = assurance, parkings, péages, essence, réparations – Logement = loyer, charges locatives
Enfants = études, soutien scolaire, garde, argent de poche – Loisirs = sorties, spectacles, cinéma, restaurants, week-ends

Récapitulatif des revenus et dépenses

DATE	LIBELLÉ RECETTES	COMPTE	COMPTE	COMPTE	AUTRE	TOTAL
	TOTAL					

	RÉEL	BUDGET	ÉCART
RECETTES DU MOIS (TOUS CPTES)			
dont remboursements Sécu & mutuelle			
DÉPENSES DU MOIS			
OBLIGATOIRES			
COURANTES			
SPÉCIALES			
TOTAL			
RECETTES - DÉPENSES			
SOLDE À ÉPARGNER			

NOTES

AVRIL

2024

Calendrier et budget du mois

SEMAINE 14	SEMAINE 15	SEMAINE 16
Lundi 1er avril	Lundi 8 avril	Lundi 15 avril
Mardi 2 avril	Mardi 9 avril	Mardi 16 avril
Mercredi 3 avril	Mercredi 10 avril	Mercredi 17 avril
Jeudi 4 avril	Jeudi 11 avril	Jeudi 18 avril
Vendredi 5 avril	Vendredi 12 avril	Vendredi 19 avril
Samedi 6 avril	Samedi 13 avril	Samedi 20 avril
Dimanche 7 avril	Dimanche 14 avril	Dimanche 21 avril

AVRIL  2024

SEMAINE 17

Lundi 22 avril

Mardi 23 avril

Mercredi 24 avril

Jeudi 25 avril

Vendredi 26 avril

Samedi 27 avril

Dimanche 28 avril

SEMAINE 18

Lundi 29 avril

Mardi 30 avril

BUDGET MENSUEL

OBLIGATOIRES	AVRIL MONTANT
Logement	
Emprunts	
Assurance et mutuelle	
Eau/électricité/gaz	
Impôts	
Pensions	
TOTAL OBLIGATOIRES	
COURANTES	
Alimentation	
Alimentation (suite)	
Vêtements, linge	
Santé	
Téléphone et Internet	
Entretien & CESU	
Voiture	
Transports	
Enfants	
Loisirs, sorties	
Sport, activités	
Coiffeur, esthétique	
Livres, journaux	
Bricolage	
Autres	
TOTAL COURANTES	
SPÉCIALES	
Matériel	
Mobilier	
Décoration	
Cadeaux, dons	
Réparations	
Vacances, voyages	
Autres	
Divers	
TOTAL SPÉCIALES	
TOTAL	

Suivi des dépenses comptes bancaires

DATE	LIBELLÉ DÉPENSE	MOYEN PAIEMENT	COMPTE	COMPTE	COMPTE	AUTRE	REPORT P. 95
SOUS-TOTAL À REPORTER							

AVRIL 2024

DATE	LIBELLÉ	MOYEN PAIEMENT	COMPTE	COMPTE	COMPTE	AUTRE	REPORT P. 95
REPORT SOUS-TOTAL							
TOTAL DÉPENSES DU MOIS							

Suivi des dépenses cartes bancaires et espèces

DATE	LIBELLÉ DÉPENSE	CB	CB	ESPÈCES	ESPÈCES	AUTRE	REPORT P. 95
SOUS-TOTAL À REPORTER							

AVRIL 2024

DATE	LIBELLÉ DÉPENSE	CB	CB	ESPÈCES	ESPÈCES	AUTRE	REPORT P. 95
REPORT SOUS-TOTAL							
TOTAL DÉPENSES DU MOIS							

Récapitulatif des dépenses

CATÉGORIE OBLIGATOIRES	TOTAL DÉPENSES PAGE DE DROITE	BUDGET	ÉCART	NOTES
Logement				
Emprunts				
Assurance et mutuelle				
Eau/électricité/gaz				
Impôts				
Pensions				
TOTAL OBLIGATOIRES				
COURANTES				
Alimentation				
Alimentation (suite)				
Vêtements, linge				
Santé				
Téléphone et Internet				
Entretien & CESU				
Voiture				
Transports				
Enfants				
Loisirs, sorties				
Sport, activités				
Coiffeur, esthétique				
Livres, journaux				
Bricolage				
Autres				
TOTAL COURANTES				
SPÉCIALES				
Matériel				
Mobilier				
Décoration				
Cadeaux, dons				
Réparations				
Vacances, voyages				
Autres				
Divers				
TOTAL SPÉCIALES				
TOTAL				

AVRIL 2024

REPORT DES TABLEAUX DE DÉPENSES P. 90 À 93 COLONNES À TOTALISER PAGE DE GAUCHE										CATÉGORIE
										OBLIGATOIRES
										Logement
										Emprunts
										Assurance et mutuelle
										Eau/électricité/gaz
										Impôts
										Pensions
										COURANTES
										Alimentation
										Alimentation (suite)
										Vêtements, linge
										Santé
										Téléphone et Internet
										Entretien & CESU
										Voiture
										Transports
										Enfants
										Loisirs, sorties
										Sport, activités
										Coiffeur, esthétique
										Livres, journaux
										Bricolage
										Autres
										SPÉCIALES
										Matériel
										Mobilier
										Décoration
										Cadeaux, dons
										Réparations
										Vacances, voyages
										Autres
										Divers

Voiture = assurance, parkings, péages, essence, réparations – Logement = loyer, charges locatives
Enfants = études, soutien scolaire, garde, argent de poche – Loisirs = sorties, spectacles, cinéma, restaurants, week-ends

Récapitulatif des revenus et dépenses

DATE	LIBELLÉ RECETTES	COMPTE	COMPTE	COMPTE	AUTRE	TOTAL
	TOTAL					

	RÉEL	BUDGET	ÉCART	NOTES
RECETTES DU MOIS (TOUS CPTES)				
dont remboursements Sécu & mutuelle				
DÉPENSES DU MOIS				
OBLIGATOIRES				
COURANTES				
SPÉCIALES				
TOTAL				
RECETTES - DÉPENSES				
SOLDE À ÉPARGNER				

MAI

2024

Calendrier et budget du mois

SEMAINE 18	SEMAINE 19	SEMAINE 20
	Lundi 6 mai	Lundi 13 mai
	Mardi 7 mai	Mardi 14 mai
Mercredi 1er mai	Mercredi 8 mai	Mercredi 15 mai
Jeudi 2 mai	Jeudi 9 mai	Jeudi 16 mai
Vendredi 3 mai	Vendredi 10 mai	Vendredi 17 mai
Samedi 4 mai	Samedi 11 mai	Samedi 18 mai
Dimanche 5 mai	Dimanche 12 mai	Dimanche 19 mai

MAI 2024

SEMAINE 21	SEMAINE 22
Lundi 20 mai	Lundi 27 mai
Mardi 21 mai	Mardi 28 mai
Mercredi 22 mai	Mercredi 29 mai
Jeudi 23 mai	Jeudi 30 mai
Vendredi 24 mai	Vendredi 31 mai
Samedi 25 mai	
Dimanche 26 mai	

BUDGET MENSUEL	MAI
OBLIGATOIRES	**MONTANT**
Logement	
Emprunts	
Assurance et mutuelle	
Eau/électricité/gaz	
Impôts	
Pensions	
TOTAL OBLIGATOIRES	
COURANTES	
Alimentation	
Alimentation (suite)	
Vêtements, linge	
Santé	
Téléphone et Internet	
Entretien & CESU	
Voiture	
Transports	
Enfants	
Loisirs, sorties	
Sport, activités	
Coiffeur, esthétique	
Livres, journaux	
Bricolage	
Autres	
TOTAL COURANTES	
SPÉCIALES	
Matériel	
Mobilier	
Décoration	
Cadeaux, dons	
Réparations	
Vacances, voyages	
Autres	
Divers	
TOTAL SPÉCIALES	
TOTAL	

Suivi des dépenses comptes bancaires

DATE	LIBELLÉ DÉPENSE	MOYEN PAIEMENT	COMPTE	COMPTE	COMPTE	AUTRE	REPORT P. 105
SOUS-TOTAL À REPORTER							

MAI 2024

DATE	LIBELLÉ	MOYEN PAIEMENT	COMPTE	COMPTE	COMPTE	AUTRE	REPORT P. 105
REPORT SOUS-TOTAL							
TOTAL DÉPENSES DU MOIS							

Suivi des dépenses cartes bancaires et espèces

DATE	LIBELLÉ DÉPENSE	CB	CB	ESPÈCES	ESPÈCES	AUTRE	REPORT P. 105
SOUS-TOTAL À REPORTER							

MAI 2024

DATE	LIBELLÉ DÉPENSE	CB	CB	ESPÈCES	ESPÈCES	AUTRE	REPORT P. 105
REPORT SOUS-TOTAL							
TOTAL DÉPENSES DU MOIS							

Récapitulatif des dépenses

CATÉGORIE OBLIGATOIRES	TOTAL DÉPENSES PAGE DE DROITE	BUDGET	ÉCART	NOTES
Logement				
Emprunts				
Assurance et mutuelle				
Eau/électricité/gaz				
Impôts				
Pensions				
TOTAL OBLIGATOIRES				
COURANTES				
Alimentation				
Alimentation (suite)				
Vêtements, linge				
Santé				
Téléphone et Internet				
Entretien & CESU				
Voiture				
Transports				
Enfants				
Loisirs, sorties				
Sport, activités				
Coiffeur, esthétique				
Livres, journaux				
Bricolage				
Autres				
TOTAL COURANTES				
SPÉCIALES				
Matériel				
Mobilier				
Décoration				
Cadeaux, dons				
Réparations				
Vacances, voyages				
Autres				
Divers				
TOTAL SPÉCIALES				
TOTAL				

MAI

2024

REPORT DES TABLEAUX DE DÉPENSES P. 100 À 103 COLONNES À TOTALISER PAGE DE GAUCHE										CATÉGORIE
										OBLIGATOIRES
										Logement
										Emprunts
										Assurance et mutuelle
										Eau/électricité/gaz
										Impôts
										Pensions
										COURANTES
										Alimentation
										Alimentation (suite)
										Vêtements, linge
										Santé
										Téléphone et Internet
										Entretien & CESU
										Voiture
										Transports
										Enfants
										Loisirs, sorties
										Sport, activités
										Coiffeur, esthétique
										Livres, journaux
										Bricolage
										Autres
										SPÉCIALES
										Matériel
										Mobilier
										Décoration
										Cadeaux, dons
										Réparations
										Vacances, voyages
										Autres
										Divers

Voiture = assurance, parkings, péages, essence, réparations – Logement = loyer, charges locatives
Enfants = études, soutien scolaire, garde, argent de poche – Loisirs = sorties, spectacles, cinéma, restaurants, week-ends

Récapitulatif des revenus et dépenses

DATE	LIBELLÉ RECETTES	COMPTE	COMPTE	COMPTE	AUTRE	TOTAL
	TOTAL					

	RÉEL	BUDGET	ÉCART
RECETTES DU MOIS (TOUS CPTES)			
dont remboursements Sécu & mutuelle			
DÉPENSES DU MOIS			
OBLIGATOIRES			
COURANTES			
SPÉCIALES			
TOTAL			
RECETTES - DÉPENSES			
SOLDE À ÉPARGNER			

NOTES

JUIN

2024

Calendrier et budget du mois

SEMAINE 22	SEMAINE 23	SEMAINE 24
	Lundi 3 juin	Lundi 10 juin
	Mardi 4 juin	Mardi 11 juin
	Mercredi 5 juin	Mercredi 12 juin
	Jeudi 6 juin	Jeudi 13 juin
	Vendredi 7 juin	Vendredi 14 juin
Samedi 1er juin	Samedi 8 juin	Samedi 15 juin
Dimanche 2 juin	Dimanche 9 juin	Dimanche 16 juin

JUIN 2024

SEMAINE 25

Lundi 17 juin

Mardi 18 juin

Mercredi 19 juin

Jeudi 20 juin

Vendredi 21 juin

Samedi 22 juin

Dimanche 23 juin

SEMAINE 26

Lundi 24 juin

Mardi 25 juin

Mercredi 26 juin

Jeudi 27 juin

Vendredi 28 juin

Samedi 29 juin

Dimanche 30 juin

BUDGET MENSUEL

BUDGET MENSUEL	JUIN
OBLIGATOIRES	**MONTANT**
Logement	
Emprunts	
Assurance et mutuelle	
Eau/électricité/gaz	
Impôts	
Pensions	
TOTAL OBLIGATOIRES	
COURANTES	
Alimentation	
Alimentation (suite)	
Vêtements, linge	
Santé	
Téléphone et Internet	
Entretien & CESU	
Voiture	
Transports	
Enfants	
Loisirs, sorties	
Sport, activités	
Coiffeur, esthétique	
Livres, journaux	
Bricolage	
Autres	
TOTAL COURANTES	
SPÉCIALES	
Matériel	
Mobilier	
Décoration	
Cadeaux, dons	
Réparations	
Vacances, voyages	
Autres	
Divers	
TOTAL SPÉCIALES	
TOTAL	

Suivi des dépenses comptes bancaires

DATE	LIBELLÉ DÉPENSE	MOYEN PAIEMENT	COMPTE	COMPTE	COMPTE	AUTRE	REPORT P. 115
SOUS-TOTAL À REPORTER							

JUIN 2024

DATE	LIBELLÉ	MOYEN PAIEMENT	COMPTE	COMPTE	COMPTE	AUTRE	REPORT P. 115
REPORT SOUS-TOTAL							
TOTAL DÉPENSES DU MOIS							

Suivi des dépenses cartes bancaires et espèces

DATE	LIBELLÉ DÉPENSE	CB	CB	ESPÈCES	ESPÈCES	AUTRE	REPORT P. 115
SOUS-TOTAL À REPORTER							

JUIN 2024

DATE	LIBELLÉ DÉPENSE	CB	CB	ESPÈCES	ESPÈCES	AUTRE	REPORT P. 115
REPORT SOUS-TOTAL							
TOTAL DÉPENSES DU MOIS							

Récapitulatif des dépenses

CATÉGORIE	TOTAL DÉPENSES PAGE DE DROITE	BUDGET	ÉCART	NOTES
OBLIGATOIRES				
Logement				
Emprunts				
Assurance et mutuelle				
Eau/électricité/gaz				
Impôts				
Pensions				
TOTAL OBLIGATOIRES				
COURANTES				
Alimentation				
Alimentation (suite)				
Vêtements, linge				
Santé				
Téléphone et Internet				
Entretien & CESU				
Voiture				
Transports				
Enfants				
Loisirs, sorties				
Sport, activités				
Coiffeur, esthétique				
Livres, journaux				
Bricolage				
Autres				
TOTAL COURANTES				
SPÉCIALES				
Matériel				
Mobilier				
Décoration				
Cadeaux, dons				
Réparations				
Vacances, voyages				
Autres				
Divers				
TOTAL SPÉCIALES				
TOTAL				

JUIN  2024

REPORT DES TABLEAUX DE DÉPENSES P. 110 À 113 COLONNES À TOTALISER PAGE DE GAUCHE										CATÉGORIE
										OBLIGATOIRES
										Logement
										Emprunts
										Assurance et mutuelle
										Eau/électricité/gaz
										Impôts
										Pensions
										COURANTES
										Alimentation
										Alimentation (suite)
										Vêtements, linge
										Santé
										Téléphone et Internet
										Entretien & CESU
										Voiture
										Transports
										Enfants
										Loisirs, sorties
										Sport, activités
										Coiffeur, esthétique
										Livres, journaux
										Bricolage
										Autres
										SPÉCIALES
										Matériel
										Mobilier
										Décoration
										Cadeaux, dons
										Réparations
										Vacances, voyages
										Autres
										Divers

Voiture = assurance, parkings, péages, essence, réparations – Logement = loyer, charges locatives
Enfants = études, soutien scolaire, garde, argent de poche – Loisirs = sorties, spectacles, cinéma, restaurants, week-ends

Récapitulatif des revenus et dépenses

DATE	LIBELLÉ RECETTES	COMPTE	COMPTE	COMPTE	AUTRE	TOTAL
	TOTAL					

		RÉEL	BUDGET	ÉCART
	RECETTES DU MOIS (TOUS CPTES)			
	dont remboursements Sécu & mutuelle			
	DÉPENSES DU MOIS			
	OBLIGATOIRES			
	COURANTES			
	SPÉCIALES			
	TOTAL			
	RECETTES - DÉPENSES			
	SOLDE À ÉPARGNER			

NOTES

JUILLET

2024

Calendrier et budget du mois

SEMAINE 27	SEMAINE 28	SEMAINE 29
Lundi 1er juillet	Lundi 8 juillet	Lundi 15 juillet
Mardi 2 juillet	Mardi 9 juillet	Mardi 16 juillet
Mercredi 3 juillet	Mercredi 10 juillet	Mercredi 17 juillet
Jeudi 4 juillet	Jeudi 11 juillet	Jeudi 18 juillet
Vendredi 5 juillet	Vendredi 12 juillet	Vendredi 19 juillet
Samedi 6 juillet	Samedi 13 juillet	Samedi 20 juillet
Dimanche 7 juillet	Dimanche 14 juillet	Dimanche 21 juillet

JUILLET  2024

SEMAINE 30

Lundi 22 juillet

Mardi 23 juillet

Mercredi 24 juillet

Jeudi 25 juillet

Vendredi 26 juillet

Samedi 27 juillet

Dimanche 28 juillet

SEMAINE 31

Lundi 29 juillet

Mardi 30 juillet

Mercredi 31 juillet

BUDGET MENSUEL	JUILLET
OBLIGATOIRES	**MONTANT**
Logement	
Emprunts	
Assurance et mutuelle	
Eau/électricité/gaz	
Impôts	
Pensions	
TOTAL OBLIGATOIRES	
COURANTES	
Alimentation	
Alimentation (suite)	
Vêtements, linge	
Santé	
Téléphone et Internet	
Entretien & CESU	
Voiture	
Transports	
Enfants	
Loisirs, sorties	
Sport, activités	
Coiffeur, esthétique	
Livres, journaux	
Bricolage	
Autres	
TOTAL COURANTES	
SPÉCIALES	
Matériel	
Mobilier	
Décoration	
Cadeaux, dons	
Réparations	
Vacances, voyages	
Autres	
Divers	
TOTAL SPÉCIALES	
TOTAL	

Suivi des dépenses comptes bancaires

DATE	LIBELLÉ DÉPENSE	MOYEN PAIEMENT	COMPTE	COMPTE	COMPTE	AUTRE	REPORT P. 125
SOUS-TOTAL À REPORTER							

JUILLET

2024

DATE	LIBELLÉ	MOYEN PAIEMENT	COMPTE	COMPTE	COMPTE	AUTRE	REPORT P. 125
REPORT SOUS-TOTAL							
TOTAL DÉPENSES DU MOIS							

Suivi des dépenses cartes bancaires et espèces

DATE	LIBELLÉ DÉPENSE	CB	CB	ESPÈCES	ESPÈCES	AUTRE	REPORT P. 125
SOUS-TOTAL À REPORTER							

JUILLET 2024

DATE	LIBELLÉ DÉPENSE	CB	CB	ESPÈCES	ESPÈCES	AUTRE	REPORT P. 125
REPORT SOUS-TOTAL							
TOTAL DÉPENSES DU MOIS							

Récapitulatif des dépenses

CATÉGORIE	TOTAL DÉPENSES PAGE DE DROITE	BUDGET	ÉCART	NOTES
OBLIGATOIRES				
Logement				
Emprunts				
Assurance et mutuelle				
Eau/électricité/gaz				
Impôts				
Pensions				
TOTAL OBLIGATOIRES				
COURANTES				
Alimentation				
Alimentation (suite)				
Vêtements, linge				
Santé				
Téléphone et Internet				
Entretien & CESU				
Voiture				
Transports				
Enfants				
Loisirs, sorties				
Sport, activités				
Coiffeur, esthétique				
Livres, journaux				
Bricolage				
Autres				
TOTAL COURANTES				
SPÉCIALES				
Matériel				
Mobilier				
Décoration				
Cadeaux, dons				
Réparations				
Vacances, voyages				
Autres				
Divers				
TOTAL SPÉCIALES				
TOTAL				

JUILLET

2024

REPORT DES TABLEAUX DE DÉPENSES P. 120 À 123 COLONNES À TOTALISER PAGE DE GAUCHE										CATÉGORIE
										OBLIGATOIRES
										Logement
										Emprunts
										Assurance et mutuelle
										Eau/électricité/gaz
										Impôts
										Pensions
										COURANTES
										Alimentation
										Alimentation (suite)
										Vêtements, linge
										Santé
										Téléphone et Internet
										Entretien & CESU
										Voiture
										Transports
										Enfants
										Loisirs, sorties
										Sport, activités
										Coiffeur, esthétique
										Livres, journaux
										Bricolage
										Autres
										SPÉCIALES
										Matériel
										Mobilier
										Décoration
										Cadeaux, dons
										Réparations
										Vacances, voyages
										Autres
										Divers

Voiture = assurance, parkings, péages, essence, réparations – Logement = loyer, charges locatives
Enfants = études, soutien scolaire, garde, argent de poche – Loisirs = sorties, spectacles, cinéma, restaurants, week-ends

Récapitulatif des revenus et dépenses

DATE	LIBELLÉ RECETTES	COMPTE	COMPTE	COMPTE	AUTRE	TOTAL
	TOTAL					

	RÉEL	BUDGET	ÉCART
RECETTES DU MOIS (TOUS CPTES)			
dont remboursements Sécu & mutuelle			
DÉPENSES DU MOIS			
OBLIGATOIRES			
COURANTES			
SPÉCIALES			
TOTAL			
RECETTES - DÉPENSES			
SOLDE À ÉPARGNER			

NOTES

AOÛT

2024

Calendrier et budget du mois

SEMAINE 31	SEMAINE 32	SEMAINE 33
	Lundi 5 août	Lundi 12 août
	Mardi 6 août	Mardi 13 août
	Mercredi 7 août	Mercredi 14 août
Jeudi 1er août	Jeudi 8 août	Jeudi 15 août
Vendredi 2 août	Vendredi 9 août	Vendredi 16 août
Samedi 3 août	Samedi 10 août	Samedi 17 août
Dimanche 4 août	Dimanche 11 août	Dimanche 18 août

AOÛT  2024

SEMAINE 34

Lundi 19 août

Mardi 20 août

Mercredi 21 août

Jeudi 22 août

Vendredi 23 août

Samedi 24 août

Dimanche 25 août

SEMAINE 35

Lundi 26 août

Mardi 27 août

Mercredi 28 août

Jeudi 29 août

Vendredi 30 août

Samedi 31 août

BUDGET MENSUEL

OBLIGATOIRES	**MONTANT**
Logement	
Emprunts	
Assurance et mutuelle	
Eau/électricité/gaz	
Impôts	
Pensions	
TOTAL OBLIGATOIRES	
COURANTES	
Alimentation	
Alimentation (suite)	
Vêtements, linge	
Santé	
Téléphone et Internet	
Entretien & CESU	
Voiture	
Transports	
Enfants	
Loisirs, sorties	
Sport, activités	
Coiffeur, esthétique	
Livres, journaux	
Bricolage	
Autres	
TOTAL COURANTES	
SPÉCIALES	
Materiel	
Mobilier	
Décoration	
Cadeaux, dons	
Réparations	
Vacances, voyages	
Autres	
Divers	
TOTAL SPÉCIALES	
TOTAL	

Suivi des dépenses comptes bancaires

DATE	LIBELLÉ DÉPENSE	MOYEN PAIEMENT	COMPTE	COMPTE	COMPTE	AUTRE	REPORT P. 135
SOUS-TOTAL À REPORTER							

AOÛT 2024

DATE	LIBELLÉ	MOYEN PAIEMENT	COMPTE	COMPTE	COMPTE	AUTRE	REPORT P. 135
REPORT SOUS-TOTAL							
TOTAL DÉPENSES DU MOIS							

Suivi des dépenses cartes bancaires et espèces

DATE	LIBELLÉ DÉPENSE	CB	CB	ESPÈCES	ESPÈCES	AUTRE	REPORT P. 135
SOUS-TOTAL À REPORTER							

AOÛT 2024

DATE	LIBELLÉ DÉPENSE	CB	CB	ESPECES	ESPÈCES	AUTRE	REPORT P. 135
REPORT SOUS-TOTAL							
TOTAL DÉPENSES DU MOIS							

Récapitulatif des dépenses

CATÉGORIE OBLIGATOIRES	TOTAL DÉPENSES PAGE DE DROITE	BUDGET	ÉCART	NOTES
Logement				
Emprunts				
Assurance et mutuelle				
Eau/électricité/gaz				
Impôts				
Pensions				
TOTAL OBLIGATOIRES				
COURANTES				
Alimentation				
Alimentation (suite)				
Vêtements, linge				
Santé				
Téléphone et Internet				
Entretien & CESU				
Voiture				
Transports				
Enfants				
Loisirs, sorties				
Sport, activités				
Coiffeur, esthétique				
Livres, journaux				
Bricolage				
Autres				
TOTAL COURANTES				
SPÉCIALES				
Matériel				
Mobilier				
Décoration				
Cadeaux, dons				
Réparations				
Vacances, voyages				
Autres				
Divers				
TOTAL SPÉCIALES				
TOTAL				

AOÛT 2024

REPORT DES TABLEAUX DE DÉPENSES P. 130 À 133 COLONNES À TOTALISER PAGE DE GAUCHE										CATÉGORIE
										OBLIGATOIRES
										Logement
										Emprunts
										Assurance et mutuelle
										Eau/électricité/gaz
										Impôts
										Pensions
										COURANTES
										Alimentation
										Alimentation (suite)
										Vêtements, linge
										Santé
										Téléphone et Internet
										Entretien & CESU
										Voiture
										Transports
										Enfants
										Loisirs, sorties
										Sport, activités
										Coiffeur, esthétique
										Livres, journaux
										Bricolage
										Autres
										SPÉCIALES
										Matériel
										Mobilier
										Décoration
										Cadeaux, dons
										Réparations
										Vacances, voyages
										Autres
										Divers

Voiture = assurance, parkings, péages, essence, réparations – Logement = loyer, charges locatives
Enfants = études, soutien scolaire, garde, argent de poche – Loisirs = sorties, spectacles, cinéma, restaurants, week-ends

Récapitulatif des revenus et dépenses

DATE	LIBELLÉ RECETTES	COMPTE	COMPTE	COMPTE	AUTRE	TOTAL
	TOTAL					

	RÉEL	BUDGET	ÉCART
RECETTES DU MOIS (TOUS CPTES)			
dont remboursements Sécu & mutuelle			
DÉPENSES DU MOIS			
OBLIGATOIRES			
COURANTES			
SPÉCIALES			
TOTAL			
RECETTES - DÉPENSES			
SOLDE À ÉPARGNER			

NOTES

SEPTEMBRE  2024

Calendrier et budget du mois

SEMAINE 35	SEMAINE 36	SEMAINE 37	SEMAINE 38
	Lundi 2 septembre	Lundi 9 septembre	Lundi 16 septembre
	Mardi 3 septembre	Mardi 10 septembre	Mardi 17 septembre
	Mercredi 4 septembre	Mercredi 11 septembre	Mercredi 18 septembre
	Jeudi 5 septembre	Jeudi 12 septembre	Jeudi 19 septembre
	Vendredi 6 septembre	Vendredi 13 septembre	Vendredi 20 septembre
	Samedi 7 septembre	Samedi 14 septembre	Samedi 21 septembre
Dimanche 1er septembre	Dimanche 8 septembre	Dimanche 15 septembre	Dimanche 22 septembre

SEPTEMBRE 2024

SEMAINE 39	SEMAINE 40
Lundi 23 septembre	Lundi 30 septembre
Mardi 24 septembre	
Mercredi 25 septembre	
Jeudi 26 septembre	
Vendredi 27 septembre	
Samedi 28 septembre	
Dimanche 29 septembre	

BUDGET MENSUEL	SEPTEMBRE
OBLIGATOIRES	**MONTANT**
Logement	
Emprunts	
Assurance et mutuelle	
Eau/électricité/gaz	
Impôts	
Pensions	
TOTAL OBLIGATOIRES	
COURANTES	
Alimentation	
Alimentation (suite)	
Vêtements, linge	
Santé	
Téléphone et Internet	
Entretien & CESU	
Voiture	
Transports	
Enfants	
Loisirs, sorties	
Sport, activités	
Coiffeur, esthétique	
Livres, journaux	
Bricolage	
Autres	
TOTAL COURANTES	
SPÉCIALES	
Matériel	
Mobilier	
Décoration	
Cadeaux, dons	
Réparations	
Vacances, voyages	
Autres	
Divers	
TOTAL SPÉCIALES	
TOTAL	

Suivi des dépenses comptes bancaires

DATE	LIBELLÉ DÉPENSE	MOYEN PAIEMENT	COMPTE	COMPTE	COMPTE	AUTRE	REPORT P. 145
SOUS-TOTAL À REPORTER							

SEPTEMBRE 2024

DATE	LIBELLÉ	MOYEN PAIEMENT	COMPTE	COMPTE	COMPTE	AUTRE	REPORT P. 145
REPORT SOUS-TOTAL							
TOTAL DÉPENSES DU MOIS							

Suivi des dépenses cartes bancaires et espèces

DATE	LIBELLÉ DÉPENSE	CB	CB	ESPÈCES	ESPÈCES	AUTRE	REPORT P. 145
SOUS-TOTAL À REPORTER							

SEPTEMBRE 2024

DATE	LIBELLÉ DÉPENSE	CB	CB	ESPÈCES	ESPÈCES	AUTRE	REPORT P. 145
REPORT SOUS-TOTAL							
TOTAL DÉPENSES DU MOIS							

Récapitulatif des dépenses

CATÉGORIE	TOTAL DÉPENSES PAGE DE DROITE	BUDGET	ÉCART	NOTES
OBLIGATOIRES				
Logement				
Emprunts				
Assurance et mutuelle				
Eau/électricité/gaz				
Impôts				
Pensions				
TOTAL OBLIGATOIRES				
COURANTES				
Alimentation				
Alimentation (suite)				
Vêtements, linge				
Santé				
Téléphone et Internet				
Entretien & CESU				
Voiture				
Transports				
Enfants				
Loisirs, sorties				
Sport, activités				
Coiffeur, esthétique				
Livres, journaux				
Bricolage				
Autres				
TOTAL COURANTES				
SPÉCIALES				
Matériel				
Mobilier				
Décoration				
Cadeaux, dons				
Réparations				
Vacances, voyages				
Autres				
Divers				
TOTAL SPÉCIALES				
TOTAL				

SEPTEMBRE 2024

REPORT DES TABLEAUX DE DÉPENSES P. 140 À 143 COLONNES À TOTALISER PAGE DE GAUCHE										CATÉGORIE
										OBLIGATOIRES
										Logement
										Emprunts
										Assurance et mutuelle
										Eau/électricité/gaz
										Impôts
										Pensions
										COURANTES
										Alimentation
										Alimentation (suite)
										Vêtements, linge
										Santé
										Téléphone et Internet
										Entretien & CESU
										Voiture
										Transports
										Enfants
										Loisirs, sorties
										Sport, activités
										Coiffeur, esthétique
										Livres, journaux
										Bricolage
										Autres
										SPÉCIALES
										Matériel
										Mobilier
										Décoration
										Cadeaux, dons
										Réparations
										Vacances, voyages
										Autres
										Divers

Voiture = assurance, parkings, péages, essence, réparations – Logement = loyer, charges locatives
Enfants = études, soutien scolaire, garde, argent de poche – Loisirs = sorties, spectacles, cinéma, restaurants, week-ends

Récapitulatif des revenus et dépenses

DATE	LIBELLÉ RECETTES	COMPTE	COMPTE	COMPTE	AUTRE	TOTAL
	TOTAL					

	RÉEL	BUDGET	ÉCART
RECETTES DU MOIS (TOUS CPTES)			
dont remboursements Sécu & mutuelle			
DÉPENSES DU MOIS			
OBLIGATOIRES			
COURANTES			
SPÉCIALES			
TOTAL			
RECETTES - DÉPENSES			
SOLDE À ÉPARGNER			

NOTES

OCTOBRE  2024

Calendrier et budget du mois

SEMAINE 40	SEMAINE 41	SEMAINE 42
	Lundi 7 octobre	Lundi 14 octobre
Mardi 1er octobre	Mardi 8 octobre	Mardi 15 octobre
Mercredi 2 octobre	Mercredi 9 octobre	Mercredi 16 octobre
Jeudi 3 octobre	Jeudi 10 octobre	Jeudi 17 octobre
Vendredi 4 octobre	Vendredi 11 octobre	Vendredi 18 octobre
Samedi 5 octobre	Samedi 12 octobre	Samedi 19 octobre
Dimanche 6 octobre	Dimanche 13 octobre	Dimanche 20 octobre

OCTOBRE 2024

SEMAINE 43

Lundi 21 octobre

Mardi 22 octobre

Mercredi 23 octobre

Jeudi 24 octobre

Vendredi 25 octobre

Samedi 26 octobre

Dimanche 27 octobre

SEMAINE 44

Lundi 28 octobre

Mardi 29 octobre

Mercredi 30 octobre

Jeudi 31 octobre

BUDGET MENSUEL	OCTOBRE
OBLIGATOIRES	**MONTANT**
Logement	
Emprunts	
Assurance et mutuelle	
Eau/électricité/gaz	
Impôts	
Pensions	
TOTAL OBLIGATOIRES	
COURANTES	
Alimentation	
Alimentation (suite)	
Vêtements, linge	
Santé	
Teléphone et Internet	
Entretien & CESU	
Voiture	
Transports	
Enfants	
Loisirs, sorties	
Sport, activités	
Coiffeur, esthétique	
Livres, journaux	
Bricolage	
Autres	
TOTAL COURANTES	
SPÉCIALES	
Matériel	
Mobilier	
Décoration	
Cadeaux, dons	
Réparations	
Vacances, voyages	
Autres	
Divers	
TOTAL SPÉCIALES	
TOTAL	

Suivi des dépenses comptes bancaires

DATE	LIBELLÉ DÉPENSE	MOYEN PAIEMENT	COMPTE	COMPTE	COMPTE	AUTRE	REPORT P. 155
SOUS-TOTAL À REPORTER							

OCTOBRE 2024

DATE	LIBELLÉ	MOYEN PAIEMENT	COMPTE	COMPTE	COMPTE	AUTRE	REPORT P. 155
REPORT SOUS-TOTAL							
TOTAL DÉPENSES DU MOIS							

Suivi des dépenses cartes bancaires et espèces

DATE	LIBELLÉ DÉPENSE	CB	CB	ESPÈCES	ESPÈCES	AUTRE	REPORT P. 155
SOUS-TOTAL À REPORTER							

OCTOBRE 2024

DATE	LIBELLÉ DÉPENSE	CB	CB	ESPÈCES	ESPÈCES	AUTRE	REPORT P. 155
REPORT SOUS-TOTAL							
TOTAL DÉPENSES DU MOIS							

Récapitulatif des dépenses

CATÉGORIE OBLIGATOIRES	TOTAL DÉPENSES PAGE DE DROITE	BUDGET	ÉCART	NOTES
Logement				
Emprunts				
Assurance et mutuelle				
Eau/électricité/gaz				
Impôts				
Pensions				
TOTAL OBLIGATOIRES				
COURANTES				
Alimentation				
Alimentation (suite)				
Vêtements, linge				
Santé				
Téléphone et Internet				
Entretien & CESU				
Voiture				
Transports				
Enfants				
Loisirs, sorties				
Sport, activités				
Coiffeur, esthétique				
Livres, journaux				
Bricolage				
Autres				
TOTAL COURANTES				
SPÉCIALES				
Matériel				
Mobilier				
Décoration				
Cadeaux, dons				
Réparations				
Vacances, voyages				
Autres				
Divers				
TOTAL SPÉCIALES				
TOTAL				

OCTOBRE

2024

REPORT DES TABLEAUX DE DÉPENSES P. 150 À 153 COLONNES À TOTALISER PAGE DE GAUCHE										CATÉGORIE
										OBLIGATOIRES
										Logement
										Emprunts
										Assurance et mutuelle
										Eau/électricité/gaz
										Impôts
										Pensions
										COURANTES
										Alimentation
										Alimentation (suite)
										Vêtements, linge
										Santé
										Téléphone et Internet
										Entretien & CESU
										Voiture
										Transports
										Enfants
										Loisirs, sorties
										Sport, activités
										Coiffeur, esthétique
										Livres, journaux
										Bricolage
										Autres
										SPÉCIALES
										Matériel
										Mobilier
										Décoration
										Cadeaux, dons
										Réparations
										Vacances, voyages
										Autres
										Divers

Voiture = assurance, parkings, péages, essence, réparations – Logement = loyer, charges locatives
Enfants = études, soutien scolaire, garde, argent de poche – Loisirs = sorties, spectacles, cinéma, restaurants, week-ends

Récapitulatif des revenus et dépenses

DATE	LIBELLÉ RECETTES	COMPTE	COMPTE	COMPTE	AUTRE	TOTAL
	TOTAL					

	RÉEL	BUDGET	ÉCART	NOTES
RECETTES DU MOIS (TOUS CPTES)				
dont remboursements Sécu & mutuelle				
DÉPENSES DU MOIS				
OBLIGATOIRES				
COURANTES				
SPÉCIALES				
TOTAL				
RECETTES - DÉPENSES				
SOLDE À ÉPARGNER				

NOVEMBRE  2024

Calendrier et budget du mois

SEMAINE 44	SEMAINE 45	SEMAINE 46
	Lundi 4 novembre	Lundi 11 novembre
	Mardi 5 novembre	Mardi 12 novembre
	Mercredi 6 novembre	Mercredi 13 novembre
	Jeudi 7 novembre	Jeudi 14 novembre
Vendredi 1er novembre	Vendredi 8 novembre	Vendredi 15 novembre
Samedi 2 novembre	Samedi 9 novembre	Samedi 16 novembre
Dimanche 3 novembre	Dimanche 10 novembre	Dimanche 17 novembre

NOVEMBRE  2024

SEMAINE 47	SEMAINE 48
Lundi 18 novembre	Lundi 25 novembre
Mardi 19 novembre	Mardi 26 novembre
Mercredi 20 novembre	Mercredi 27 novembre
Jeudi 21 novembre	Jeudi 28 novembre
Vendredi 22 novembre	Vendredi 29 novembre
Samedi 23 novembre	Samedi 30 novembre
Dimanche 24 novembre	

BUDGET MENSUEL	NOVEMBRE
OBLIGATOIRES	**MONTANT**
Logement	
Emprunts	
Assurance et mutuelle	
Eau/électricité/gaz	
Impôts	
Pensions	
TOTAL OBLIGATOIRES	
COURANTES	
Alimentation	
Alimentation (suite)	
Vêtements, linge	
Santé	
Téléphone et Internet	
Entretien & CESU	
Voiture	
Transports	
Enfants	
Loisirs, sorties	
Sport, activités	
Coiffeur, esthétique	
Livres, journaux	
Bricolage	
Autres	
TOTAL COURANTES	
SPÉCIALES	
Matériel	
Mobilier	
Décoration	
Cadeaux, dons	
Réparations	
Vacances, voyages	
Autres	
Divers	
TOTAL SPÉCIALES	
TOTAL	

Suivi des dépenses comptes bancaires

DATE	LIBELLÉ DÉPENSE	MOYEN PAIEMENT	COMPTE	COMPTE	COMPTE	AUTRE	REPORT P. 165
SOUS-TOTAL À REPORTER							

NOVEMBRE 2024

DATE	LIBELLÉ	MOYEN PAIEMENT	COMPTE	COMPTE	COMPTE	AUTRE	REPORT P. 165
REPORT SOUS-TOTAL							
TOTAL DÉPENSES DU MOIS							

Suivi des dépenses cartes bancaires et espèces

DATE	LIBELLÉ DÉPENSE	CB	CB	ESPÈCES	ESPÈCES	AUTRE	REPORT P. 165
SOUS-TOTAL À REPORTER							

NOVEMBRE 2024

DATE	LIBELLÉ DÉPENSE	CB	CB	ESPÈCES	ESPÈCES	AUTRE	REPORT P. 165
REPORT SOUS-TOTAL							
TOTAL DÉPENSES DU MOIS							

Récapitulatif des dépenses

CATÉGORIE OBLIGATOIRES	TOTAL DÉPENSES PAGE DE DROITE	BUDGET	ÉCART	NOTES
Logement				
Emprunts				
Assurance et mutuelle				
Eau/électricité/gaz				
Impôts				
Pensions				
TOTAL OBLIGATOIRES				
COURANTES				
Alimentation				
Alimentation (suite)				
Vêtements, linge				
Santé				
Téléphone et Internet				
Entretien & CESU				
Voiture				
Transports				
Enfants				
Loisirs, sorties				
Sport, activités				
Coiffeur, esthétique				
Livres, journaux				
Bricolage				
Autres				
TOTAL COURANTES				
SPÉCIALES				
Matériel				
Mobilier				
Décoration				
Cadeaux, dons				
Réparations				
Vacances, voyages				
Autres				
Divers				
TOTAL SPÉCIALES				
TOTAL				

NOVEMBRE

2024

REPORT DES TABLEAUX DE DÉPENSES P. 160 À 163 COLONNES À TOTALISER PAGE DE GAUCHE										CATÉGORIE
										OBLIGATOIRES
										Logement
										Emprunts
										Assurance et mutuelle
										Eau/électricité/gaz
										Impôts
										Pensions
										COURANTES
										Alimentation
										Alimentation (suite)
										Vêtements, linge
										Santé
										Téléphone et Internet
										Entretien & CESU
										Voiture
										Transports
										Enfants
										Loisirs, sorties
										Sport, activités
										Coiffeur, esthétique
										Livres, journaux
										Bricolage
										Autres
										SPÉCIALES
										Matériel
										Mobilier
										Décoration
										Cadeaux, dons
										Réparations
										Vacances, voyages
										Autres
										Divers

Voiture = assurance, parkings, péages, essence, réparations – Logement = loyer, charges locatives
Enfants = études, soutien scolaire, garde, argent de poche – Loisirs = sorties, spectacles, cinéma, restaurants, week-ends

Récapitulatif des revenus et dépenses

DATE	LIBELLÉ RECETTES	COMPTE	COMPTE	COMPTE	AUTRE	TOTAL
	TOTAL					

	RÉEL	BUDGET	ÉCART
RECETTES DU MOIS (TOUS CPTES)			
dont remboursements Sécu & mutuelle			
DÉPENSES DU MOIS			
OBLIGATOIRES			
COURANTES			
SPÉCIALES			
TOTAL			
RECETTES - DÉPENSES			
SOLDE À ÉPARGNER			

NOTES

DÉCEMBRE  2024

Calendrier et budget du mois

SEMAINE 48	SEMAINE 49	SEMAINE 50	SEMAINE 51
	Lundi 2 décembre	Lundi 9 décembre	Lundi 16 décembre
	Mardi 3 décembre	Mardi 10 décembre	Mardi 17 décembre
	Mercredi 4 décembre	Mercredi 11 décembre	Mercredi 18 décembre
	Jeudi 5 décembre	Jeudi 12 décembre	Jeudi 19 décembre
	Vendredi 6 décembre	Vendredi 13 décembre	Vendredi 20 décembre
	Samedi 7 décembre	Samedi 14 décembre	Samedi 21 décembre
Dimanche 1er décembre	Dimanche 8 décembre	Dimanche 15 décembre	Dimanche 22 décembre

DÉCEMBRE  2024

SEMAINE 52	SEMAINE 1
Lundi 23 décembre	Lundi 30 décembre
Mardi 24 décembre	Mardi 31 décembre
Mercredi 25 décembre	
Jeudi 26 décembre	
Vendredi 27 décembre	
Samedi 28 décembre	
Dimanche 29 décembre	

BUDGET MENSUEL	DÉCEMBRE
OBLIGATOIRES	**MONTANT**
Logement	
Emprunts	
Assurance et mutuelle	
Eau/électricité/gaz	
Impôts	
Pensions	
TOTAL OBLIGATOIRES	
COURANTES	
Alimentation	
Alimentation (suite)	
Vêtements, linge	
Santé	
Téléphone et Internet	
Entretien & CESU	
Voiture	
Transports	
Enfants	
Loisirs, sorties	
Sport, activités	
Coiffeur, esthétique	
Livres, journaux	
Bricolage	
Autres	
TOTAL COURANTES	
SPÉCIALES	
Matériel	
Mobilier	
Décoration	
Cadeaux, dons	
Réparations	
Vacances, voyages	
Autres	
Divers	
TOTAL SPÉCIALES	
TOTAL	

Suivi des dépenses comptes bancaires

DATE	LIBELLÉ DÉPENSE	MOYEN PAIEMENT	COMPTE	COMPTE	COMPTE	AUTRE	REPORT P. 175
SOUS-TOTAL À REPORTER							

DÉCEMBRE 2024

DATE	LIBELLÉ	MOYEN PAIEMENT	COMPTE	COMPTE	COMPTE	AUTRE	REPORT P. 175
REPORT SOUS-TOTAL							
TOTAL DÉPENSES DU MOIS							

Suivi des dépenses cartes bancaires et espèces

DATE	LIBELLÉ DÉPENSE	CB	CB	ESPÈCES	ESPÈCES	AUTRE	REPORT P. 175
SOUS-TOTAL À REPORTER							

DÉCEMBRE 2024

DATE	LIBELLÉ DÉPENSE	CB	CB	ESPÈCES	ESPÈCES	AUTRE	REPORT P. 175
REPORT SOUS-TOTAL							
TOTAL DÉPENSES DU MOIS							

Récapitulatif des dépenses

CATÉGORIE OBLIGATOIRES	TOTAL DÉPENSES PAGE DE DROITE	BUDGET	ÉCART	NOTES
Logement				
Emprunts				
Assurance et mutuelle				
Eau/électricité/gaz				
Impôts				
Pensions				
TOTAL OBLIGATOIRES				
COURANTES				
Alimentation				
Alimentation (suite)				
Vêtements, linge				
Santé				
Téléphone et Internet				
Entretien & CESU				
Voiture				
Transports				
Enfants				
Loisirs, sorties				
Sport, activités				
Coiffeur, esthétique				
Livres, journaux				
Bricolage				
Autres				
TOTAL COURANTES				
SPÉCIALES				
Matériel				
Mobilier				
Décoration				
Cadeaux, dons				
Réparations				
Vacances, voyages				
Autres				
Divers				
TOTAL SPÉCIALES				
TOTAL				

DÉCEMBRE 2024

REPORT DES TABLEAUX DE DÉPENSES P. 170 À 173
COLONNES À TOTALISER PAGE DE GAUCHE

										CATÉGORIE
										OBLIGATOIRES
										Logement
										Emprunts
										Assurance et mutuelle
										Eau/électricité/gaz
										Impôts
										Pensions
										COURANTES
										Alimentation
										Alimentation (suite)
										Vêtements, linge
										Santé
										Téléphone et Internet
										Entretien & CESU
										Voiture
										Transports
										Enfants
										Loisirs, sorties
										Sport, activités
										Coiffeur, esthétique
										Livres, journaux
										Bricolage
										Autres
										SPÉCIALES
										Matériel
										Mobilier
										Décoration
										Cadeaux, dons
										Réparations
										Vacances, voyages
										Autres
										Divers

Voiture = assurance, parkings, péages, essence, réparations – Logement = loyer, charges locatives
Enfants = études, soutien scolaire, garde, argent de poche – Loisirs = sorties, spectacles, cinéma, restaurants, week-ends

Récapitulatif des revenus et dépenses

DATE	LIBELLÉ RECETTES	COMPTE	COMPTE	COMPTE	AUTRE	TOTAL
	TOTAL					

	RÉEL	BUDGET	ÉCART
RECETTES DU MOIS (TOUS CPTES)			
dont remboursements Sécu & mutuelle			
DÉPENSES DU MOIS			
OBLIGATOIRES			
COURANTES			
SPÉCIALES			
TOTAL			
RECETTES - DÉPENSES			
SOLDE À ÉPARGNER			

NOTES

RÉCAPITULATIF DE L'ANNÉE 2024

Récapitulatif des recettes annuelles

RECETTES	JANVIER	FÉVRIER	MARS	AVRIL	MAI	JUIN
Salaire						
Salaire						
Salaire						
Honoraires						
Honoraires						
Honoraires						
Honoraires						
Pensions						
Pensions						
Pensions						
Pensions						
Allocations						
Allocations						
Autres revenus						
Autres revenus						
Autres revenus						
Autres revenus						
Autres revenus						
TOTAL						

COMMENTAIRES

JUILLET	AOÛT	SEPTEMBRE	OCTOBRE	NOVEMBRE	DÉCEMBRE	TOTAL

COMMENTAIRES

Récapitulatif des dépenses annuelles

CATÉGORIE	JANVIER	FÉVRIER	MARS	AVRIL	MAI	JUIN
OBLIGATOIRES	Reportez dans ce tableau les totaux des pages 64, 74, 84, 94, 104, 114, 124, 134, 144, 154, 164, 174					
Logement						
Emprunts						
Assurance et mutuelle						
Eau/électricité/gaz						
Impôts						
Pensions						
TOTAL OBLIGATOIRES						
COURANTES						
Alimentation						
Alimentation (suite)						
Vêtements, linge						
Santé						
Téléphone et Internet						
Entretien & CESU						
Voiture						
Transports						
Enfants						
Loisirs, sorties						
Sport, activités						
Coiffeur, esthétique						
Livres, journaux						
Bricolage						
Autres						
TOTAL COURANTES						
SPÉCIALES						
Matériel						
Mobilier						
Décoration						
Cadeaux, dons						
Réparations						
Vacances, voyages						
Autres						
Divers						
TOTAL SPÉCIALES						
TOTAL						

2024

JUILLET	AOÛT	SEPTEMBRE	OCTOBRE	NOVEMBRE	DÉCEMBRE	TOTAL

Récapitulatif du solde mensuel 2024

ANNÉE 2024	RECETTES TOTALES	DÉPENSES OBLIGATOIRES	DÉPENSES COURANTES	DÉPENSES SPÉCIALES	DÉPENSES TOTALES	SOLDE DU MOIS
JANVIER						
FÉVRIER						
MARS						
AVRIL						
MAI						
JUIN						
JUILLET						
AOÛT						
SEPTEMBRE						
OCTOBRE						
NOVEMBRE						
DÉCEMBRE						
TOTAL						

NOTES

Récapitulatif de l'épargne 2024

ANNÉE 2024	SOLDE DISPONIBLE	MONTANT ÉPARGNÉ	PLACÉ SUR (LIVRET A, PEL, ASSURANCE-VIE...)	CUMUL ÉPARGNE
JANVIER				
FÉVRIER				
MARS				
AVRIL				
MAI				
JUIN				
JUILLET				
AOÛT				
SEPTEMBRE				
OCTOBRE				
NOVEMBRE				
DÉCEMBRE				
TOTAL				

NOTES

Suivi des emprunts en cours

EMPRUNT 1	
Objet	
Date de signature	
Banque	
Taux	
Durée	
Première échéance	
Dernière échéance	
Montant mensuel*	
Prélevé le .... du mois sur compte	
Capital restant dû au 1er janvier	
Capital restant dû au 31 décembre	

EMPRUNT 2	
Objet	
Date de signature	
Banque	
Taux	
Durée	
Première échéance	
Dernière échéance	
Montant mensuel*	
Prélevé le .... du mois sur compte	
Capital restant dû au 1er janvier	
Capital restant dû au 31 décembre	

* À reporter dans les tableaux de dépenses de chaque mois

Suivi des contrats d'assurance

ASSURANCE 1	
Objet	
Date d'échéance annuelle	
Assureur	
Prime annuelle	
Périodicité de règlement	
Montant à payer*	
Chaque	
Date limite de résiliation	

ASSURANCE 2	
Objet	
Date d'échéance annuelle	
Assureur	
Prime annuelle	
Périodicité de règlement	
Montant à payer*	
Chaque	
Date limite de résiliation	

ASSURANCE 3	
Objet	
Date d'échéance annuelle	
Assureur	
Prime annuelle	
Périodicité de règlement	
Montant à payer*	
Chaque	
Date limite de résiliation	

ASSURANCE 4	
Objet	
Date d'échéance annuelle	
Assureur	
Prime annuelle	
Périodicité de règlement	
Montant à payer*	
Chaque	
Date limite de résiliation	

* À reporter dans les tableaux de dépenses

Suivi des consommations électricité, gaz, eau, fuel

DATE	ÉLECTRICITÉ RELEVÉ INDEX		CONSO. KWH
	HP	HC	
TOTAL			

DATE	PÉRIODE	MONTANT FACTURÉ
TOTAL ANNÉE		
MOYENNE PAR MOIS (TOTAL / 12)		
BUDGET ANNÉE SUIVANTE		

DATE	GAZ RELEVÉ INDEX	CONSO. M^3
TOTAL		

DATE	PÉRIODE	MONTANT FACTURÉ
TOTAL ANNÉE		
MOYENNE PAR MOIS (TOTAL / 12)		
BUDGET ANNÉE SUIVANTE		

DATE	EAU RELEVÉ INDEX	CONSO. M^3
TOTAL		

DATE	PÉRIODE	MONTANT FACTURÉ
TOTAL ANNÉE		
MOYENNE PAR MOIS (TOTAL / 12)		
BUDGET ANNÉE SUIVANTE		

DATE	FUEL PÉRIODE	MONTANT FACTURÉ
TOTAL ANNÉE		
MOYENNE PAR MOIS (TOTAL / 12)		
BUDGET ANNÉE SUIVANTE		

Argent de poche des enfants*

ARGENT DE POCHE DE	....	PAYÉ
Janvier		
Février		
Mars		
Avril		
Mai		
Juin		
Juillet		
Août		
Septembre		
Octobre		
Novembre		
Décembre		

ARGENT DE POCHE DE	....	PAYÉ
Janvier		
Février		
Mars		
Avril		
Mai		
Juin		
Juillet		
Août		
Septembre		
Octobre		
Novembre		
Décembre		

ARGENT DE POCHE DE	....	PAYÉ
Janvier		
Février		
Mars		
Avril		
Mai		
Juin		
Juillet		
Août		
Septembre		
Octobre		
Novembre		
Décembre		

ARGENT DE POCHE DE	....	PAYÉ
Janvier		
Février		
Mars		
Avril		
Mai		
Juin		
Juillet		
Août		
Septembre		
Octobre		
Novembre		
Décembre		

ARGENT DE POCHE DE	....	PAYÉ
Janvier		
Février		
Mars		
Avril		
Mai		
Juin		
Juillet		
Août		
Septembre		
Octobre		
Novembre		
Décembre		

ARGENT DE POCHE DE	....	PAYÉ
Janvier		
Février		
Mars		
Avril		
Mai		
Juin		
Juillet		
Août		
Septembre		
Octobre		
Novembre		
Décembre		

* À reporter dans les tableaux de dépenses de chaque mois

Suivi des impôts et taxes

IMPÔT SUR LE REVENU	MONTANT TOTAL	MENSUALITÉS											
		JANV.	FÉV.	MARS	AVR.	MAI	JUIN	JUIL.	AOÛT	SEPT.	OCT.	NOV.	DÉC.
IRPP 2023													
IRPP 2024													
Compléments													

TOTAL IMPÔTS À PAYER EN 2024	IRPP	TAXES FONCIÈRES	TAXES D'HABITATION	AUTRE	AUTRE ....
JANVIER					
FÉVRIER					
MARS					
AVRIL					
MAI					
JUIN					
JUILLET					
AOÛT					
SEPTEMBRE					
OCTOBRE					
NOVEMBRE					
DÉCEMBRE					

Suivi des dépenses et des remboursements médicaux

DATE	POUR QUI ?	TYPE DE DÉPENSE	TIERS PAYANT	MONTANT RÉGLÉ	REMBT SÉCU	REMBT MUTUELLE	NET À CHARGE
TOTAL*							

* À reporter page suivante

DATE	POUR QUI ?	TYPE DE DÉPENSE	TIERS PAYANT	MONTANT RÉGLÉ	REMBT SÉCU	REMBT MUTUELLE	NET À CHARGE
REPORT PAGE PRÉCÉDENTE							
TOTAL*							

* À reporter page suivante

Suivi des dépenses et des remboursements médicaux

DATE	POUR QUI ?	TYPE DE DÉPENSE	TIERS PAYANT	MONTANT RÉGLÉ	REMBT SÉCU	REMBT MUTUELLE	NET À CHARGE
REPORT PAGE PRÉCÉDENTE							
TOTAL*							

* À reporter page suivante

DATE	POUR QUI ?	TYPE DE DÉPENSE	TIERS PAYANT	MONTANT RÉGLÉ	REMBT SÉCU	REMBT MUTUELLE	NET À CHARGE
REPORT PAGE PRÉCÉDENTE							
TOTAL							

Mon budget pour l'année 2025*

RECETTES	JANVIER	FÉVRIER	MARS	AVRIL	MAI	JUIN
Salaires et honoraires						
Pensions						
Allocations						
Loyers perçus						
Autres gains						
TOTAL REVENUS						
DÉPENSES						
OBLIGATOIRES						
Logement						
Emprunts						
Assurance et mutuelle						
Eau/électricité/gaz						
Impôts						
Pensions						
TOTAL OBLIGATOIRES						
COURANTES						
Alimentation						
Alimentation (suite)						
Vêtements, linge						
Santé						
Téléphone et Internet						
Entretien & CESU						
Voiture						
Transports						
Enfants						
Loisirs, sorties						
Sport, activités						
Coiffeur, esthétique						
Livres, journaux						
Bricolage						
Autres						
TOTAL COURANTES						
SPÉCIALES						
Matériel						
Mobilier						
Décoration						
Cadeaux, dons						
Réparations						
Vacances, voyages						
Autres						
Divers						
TOTAL SPÉCIALES						
TOTAL DÉPENSES						
SOLDE						
Recettes - dépenses						

* À reporter dans le *Budget familial Mémoniak 2025*

Mon budget pour l'année 2025*

JUILLET	AOÛT	SEPTEMBRE	OCTOBRE	NOVEMBRE	DÉCEMBRE	TOTAL

Délais de conservation des papiers administratifs

Pour vous aider à classer et archiver (ou jeter) les documents administratifs de la famille, voici, pour chaque type de document, le délai pendant lequel vous devez obligatoirement les conserver.

ASSURANCE	Quittance, avis d'échéance, courrier de résiliation, preuve du règlement	Date du document + 2 ans
	Contrat	Durée du contrat + 2 ans
	Assurance-vie	10 ans (ce délai s'applique au bénéficiaire de l'assurance dès qu'il a connaissance du contrat)
VÉHICULE	Amende forfaitaire	3 ans
	Facture (achat, réparation…)	Durée de conservation du véhicule + 2 ans en cas de revente
	Certificat d'examen du permis de conduire (« feuille rose »)	4 mois
BANQUE	Chèque à encaisser	1 an et 8 jours
	Contrat de prêt	2 ans à compter de la dernière échéance
	Relevé de compte, talon de chèque	5 ans
FAMILLE	Acte d'état-civil	Permanente
	Avis de versement d'allocations familiales	5 ans
	Jugement de divorce, jugement d'adoption	Permanente
	Acte de reconnaissance d'un enfant	Permanente
	Contrat de mariage	Permanente
	Livret de famille	Permanente
LOGEMENT	Facture eau, électricité, gaz	5 ans
	Facture téléphone et Internet	1 an
	Preuve de restitution de matériel (box)	2 ans à compter de la restitution
	Facture liée aux travaux	10 ans pour le gros œuvre ou 2 ans pour les petits travaux
	Certificat de ramonage	1 an
	Attestation d'entretien annuel des chaudières	2 ans
	Titre de propriété	Permanente
	Preuve du paiement des charges de copropriété, correspondance avec le syndic, procès-verbal de l'assemblée générale de copropriété…	5 ans
	Contrat de location, état des lieux, quittance de loyer	Durée de la location + 3 ans
	Inventaire du mobilier pour une location meublée	Durée de la location
	Échéance APL	2 ans

Délais de conservation des papiers administratifs

IMPÔTS	Déclaration de revenus et avis d'imposition sur le revenu	3 ans à compter de l'année qui suit l'année d'imposition
	Avis d'impôts locaux (taxe foncière, taxe d'habitation)	1 an ou 3 ans en cas de dégrèvement, exonération ou abattement
TRAVAIL	Bulletin de salaire, contrat de travail, certificat de travail	Jusqu'à liquidation de la retraite
	Attestation Pôle emploi	Jusqu'à obtention de l'allocation chômage
	Reçu pour solde de tout compte	6 mois
	Justificatif d'allocations chômage	3 ans
	Titre de paiement de la pension de retraite	Permanente
SANTÉ	Récapitulatif de remboursement d'assurance maladie et maternité	2 ans
	Carte de mutuelle, demande de remboursement...	Variable selon l'organisme
	Ordonnance	1 an minimum
	Preuve du versement d'indemnités journalières	Jusqu'à liquidation des droits à la retraite
	Carnet de vaccination, carte de groupe sanguin, carnet de santé	Permanente
	Certificat, examen médical, radiographie	Permanente

COMMENTAIRES

Papiers d'identité

NOM	N°	DÉLIVRÉ LE	À	VALABLE JUSQU'AU
Carte d'identité				
Passeport				
Permis de conduire				
Carte SNCF				
Carte :				
Carte :				
Carte :				

NOM	N°	DÉLIVRÉ LE	À	VALABLE JUSQU'AU
Carte d'identité				
Passeport				
Permis de conduire				
Carte SNCF				
Carte :				
Carte :				
Carte :				

NOM	N°	DÉLIVRÉ LE	À	VALABLE JUSQU'AU
Carte d'identité				
Passeport				
Permis de conduire				
Carte SNCF				
Carte :				
Carte :				
Carte :				

NOM	N°	DÉLIVRÉ LE	À	VALABLE JUSQU'AU
Carte d'identité				
Passeport				
Permis de conduire				
Carte SNCF				
Carte :				
Carte :				
Carte :				

SERVICE	SITE WEB	IDENTIFIANT	MOT DE PASSE
Sécurité sociale			
Mutuelle			
CAF			
Impôts			
SNCF			

Comptes et cartes bancaires

COMPTE		
Libellé		
IBAN		
BIC		
Banque et agence		
Adresse		
Tél. / Fax	/	
Contact		
E-mail / Tél.	/	
Site Internet		
Identifiant	/	

COMPTE		
Libellé		
IBAN		
BIC		
Banque et agence		
Adresse		
Tél. / Fax	/	
Contact		
E-mail / Tél.	/	
Site Internet		
Identifiant	/	

COMPTE		
Libellé		
IBAN		
BIC		
Banque et agence		
Adresse		
Tél. / Fax	/	
Contact		
E-mail / Tél.	/	
Site Internet		
Identifiant	/	

CARTE BANCAIRE / EXPIRE		/
N° et cryptogramme visuel		
N° appel perte et vol		

CARTE BANCAIRE / EXPIRE		/
N° et cryptogramme visuel		
N° appel perte et vol		

NOM
Adresse
Tél. E-mail

NOM
Adresse
Tél. E-mail

NOM
Adresse
Tél. E-mail

NOM
Adresse
Tél. E-mail

NOM
Adresse
Tél. E-mail

NOM
Adresse
Tél. E-mail

NOM
Adresse
Tél. E-mail

NOM
Adresse
Tél. E-mail

NOM
Adresse
Tél. E-mail

NOM
Adresse
Tél. E-mail

NOM
Adresse
Tél. E-mail

NOM
Adresse
Tél. E-mail

NOM
Adresse
Tél. E-mail

Votre avis nous intéresse

N'hésitez pas à nous faire part de vos remarques, commentaires, suggestions et critiques.
Vous nous aiderez ainsi à améliorer la prochaine édition de votre **Budget familial Mémoniak.**

Ce que vous avez particulièrement apprécié : . . . .

Ce qui pourrait être amélioré : . . . .

Ce qui devrait être ajouté : . . . .

Ce qui vous semble inadapté ou inutile : . . . .

Et aussi : . . . .

VOS COORDONNÉES (FACULTATIF)

Nom . . . . Prénom . . . .

Adresse . . . .

Code postal . . . . Ville . . . .

Adresse e-mail . . . . @ . . . .

Détachez cette page après l'avoir complétée, et renvoyez-la à :
Éditions 365 – Budget familial 2023-2024 – 57, rue Gaston-Tessier – 75019 Paris
Vous pouvez aussi nous adresser vos commentaires à contact@editions365.net